# O TERRORISTA ELEGANTE E OUTRAS HISTÓRIAS

MIA COUTO
JOSÉ EDUARDO
AGUALUSA

O TERRORISTA
ELEGANTE
E OUTRAS
HISTÓRIAS

Ilustrações de Alex Cerveny

Copyright © José Eduardo Agualusa, Mia Couto, 2019
Copyright © Editora Planeta do Brasil, 2019
Publicado em acordo com Literarische Agentur Mertin Inh. Nicole Witt e K. Frankfurt am Main, Alemanha.
Todos os direitos reservados.

*Preparação:* Laura Folgueira
*Revisão:* Maitê Zickuhr e Thais Rimkus
*Projeto gráfico:* Jussara Fino
*Diagramação:* Abreu's System
*Capa:* Adaptada do projeto gráfico original de Compañia
*Ilustrações de capa e miolo:* Alex Cerveny

DADOS INTERNACIONAIS DE CATALOGAÇÃO NA PUBLICAÇÃO (CIP)
ANGÉLICA ILACQUA CRB-8/7057

Couto, Mia
    O terrorista elegante e outras histórias / Mia Couto, José Eduardo Agualusa. -- São Paulo: Planeta, 2019.
    176 p.

ISBN 978-85-422-1588-5

1. Ficção africana I. Título II. Agualusa, José Eduardo

19-0389                                         CDD M869.3

2019
Todos os direitos desta edição reservados à
EDITORA PLANETA DO BRASIL LTDA.
Rua Bela Cintra, 986 – 4º andar
Consolação – 01415-002 – São Paulo-SP
www.planetadelivros.com.br
atendimento@editoraplaneta.com.br

# Sumário

7   O TERRORISTA ELEGANTE

61   CHOVEM AMORES NA RUA DO MATADOR

101  A CAIXA PRETA

135  A GRAÇA QUE O MUNDO TEM: ENTREVISTA

169  NOTA FINAL

# O TERRORISTA ELEGANTE

Poucas pessoas na polícia judiciária sabem o nome de batismo do comissário Laranjeira. Lara sabe: Lourenço.

— O teu problema — disse-lhe Lara uma vez — é que te transformaste inteiramente no comissário Laranjeira. Devias tentar ser Lourenço mais vezes.

Naquela época, o comissário Laranjeira ainda conseguia ser Lourenço algumas vezes – pelo menos com ela. Depois perdeu a prática. Tinha cinquenta anos e uma barba de três dias, muito branca, que contrastava com o cabelo inteiramente negro. Os inimigos (que eram muitos) insinuavam que ele pintava o cabelo. O comissário remexeu os papéis na escrivaninha. Estava um caos. A sua vida estava um caos. Lara, em pé, não escondia a impaciência.

— Despacha-te. Esperam-me no serviço. Se fico muito tempo, vão pensar que me sequestraste...

— Não me importaria...

Uma velha televisão, presa à parede, um pouco acima deles, transmitia as notícias. Uma locutora muito loira, muito pálida, comentava o rescaldo de uma onda de seis atentados simultâneos, em Londres, Paris, Amsterdã, Bruxelas, Roma e Madri, contra embaixadas e consulados dos Estados Unidos e empresas ligadas ao país, confirmando a morte de sessenta pessoas, a maioria das quais diplomatas norte-americanos. As forças de segurança nacionais e internacionais encontravam-se em estado de alerta máximo. Nesse momento, apareceu a imagem do comissário Laranjeira sentado, muito direito, diante da locutora loira.

— Ao lado dessa mulher, és quase preto — diz Lara.
— Quase preto e quase bonito, tenho de confessar.
— E quase inteligente... — acrescenta o comissário.

— *Temos conosco o comissário Laranjeira, da polícia judiciária* — apresenta a jornalista. — *Sabemos que, à mesma hora em que ocorriam os atentados na Europa, foi preso um homem, na placa do aeroporto de Lisboa, quando se dirigia para um avião da United Airlines, a segunda mais importante companhia aérea norte-americana. Confirma essa prisão?*
— *Confirmo. Foi preso um terrorista de origem angolana que combateu na Síria ao lado do Estado Islâmico. Estamos em vias de desmantelar toda a rede à qual o indivíduo estava ligado. A situação encontra-se sob controle, e rapidamente anunciaremos os resultados desta investigação.*

— Que grande mentiroso — troça Lara, na delegacia. — Nunca aprenderei a mentir como vocês.

— Pode confirmar a informação de que agentes norte-americanos se encontram em Lisboa colaborando com a Polícia Judiciária e o Serviço de Estrangeiros e Fronteiras? — continua a jornalista.
— Estamos a colaborar com as autoridades de vários países — responde o comissário. — Mas é importante dizer que Portugal dispõe de um dos melhores serviços de investigação do mundo. Os portugueses podem ficar sossegados.

— Claro, claro, estamos todos muito sossegados...
— Porra, Lara! Podes calar-te um instante?

— Confirma que a CIA manifestou interesse em extraditar o prisioneiro para os Estados Unidos?
— Não confirmo e não há motivos para que isso se verifique.

O comissário levanta-se e desliga a televisão. Lara aplaude:
— Não estiveste nada mal, não, senhor. Há pessoas que ficam melhor na televisão do que na vida real.
— Devia ter levado uma outra gravata...
— Para a próxima vez, aconselha-te com o nosso prisioneiro. Ele entende de gravatas.
Um telefone toca. O comissário o procura no meio dos papéis. Finalmente encontra o aparelho.

— É a americana. A gaja da CIA.
— Atende...
— Atendo? Odeio americanos. Acham que são donos do mundo. Pelo menos esta fala português. O prisioneiro é nosso! Nosso, ouviste! Não vamos entregá-lo.
— Não ficaste de apanhá-la no aeroporto?
— Caralho! Tens razão. Esqueci...
O comissário atende ao telefone:
— Sim, Maggie, peço mil desculpas... Ah, já está no hotel?! Vou buscá-la daqui a pouco...
Desliga o telefone, guarda-o no bolso das calças e volta-se para Lara, preocupado:
— Viste a foto dela?
— Não. Por quê?
— Lara, a gaja é preta. Preta! Como o nosso terrorista.
Lara olha-o com irritação:
— É afro-americana?! E daí?
— Vai ficar do lado dele. Os escarumbas apoiam-se uns aos outros. Como é possível mandarem-nos uma gaja preta? Já não há brancos nos Estados Unidos?
— Não suporto esse teu discurso racista. Fico com o estômago a arder só de te ouvir. Dá-me os papéis e vou-me embora.
— Não os encontro, a sério.

Volta a procurar no meio dos documentos. Alguns caem ao chão. Finalmente tira de um envelope um cartão de visita e entrega-o a Lara.

— Não encontro os teus papéis. Mas olha para isto, chegaste a ver isto? Estava na mochila do maldito grunho...

Lara estuda o cartão, interessada:

— É um cartão de visita. Que maravilha! — Lê alto: — "Charles Poitier Bentinho, poeta romântico e mestre em espíritos".

— Maravilha?! O gajo sabe é muito. Mestre em espíritos? Mestre em disfarces, isso sim...

— O que queres dizer? É só um cartão de visita. Adoro a moldura de flores...

— A quatro cores! Já pensaste no dinheiro que isso custou? E a maneira como o sacana se veste. Só roupa de marca.

— Ele é muito elegante...

— Eu quero é saber onde o malandro arranja dinheiro para se vestir tão bem.

\* \* \*

Charles Poitier Bentinho está sozinho na sua cela. Sentado no chão, olha para o desenho de um pássaro numa das paredes. Passa o dedo pelo contorno do desenho, com cuidado, com carinho, como se alisasse as penas de uma ave viva.

— Há quanto tempo estás aqui, amigo? Eu cheguei agora. Apanharam-me quando estava pronto, prontinho para voar. Afinal, o que fiz eu? Só segui as vossas instruções. É o que venho fazendo. Saí de Luanda seguindo as vossas instruções. Fui para Paris seguindo as vossas instruções. Fui para a Síria seguindo as vossas instruções. — Cala-se. Olha com atenção para a parede. — Sim, concordo, na Síria fiz merda. — Volta a ficar calado um longo momento. — Aquela mulher polícia que me veio ver, gosto dela. Boas pernas, uma bunda de rainha. E acho que ela gosta de mim.

* * *

Os dedos do comissário passeiam pelos papéis que atulham a sua escrivaninha. Pega um documento e logo o abandona. Pega outro, fingindo interesse. Bentinho sorri diante dele. Está instalado na cadeira como num trono. A camisa de seda negra, salpicada de estrelas, brilha, como uma noite legítima. Na gravata estreita, azul-escura, voam pequenos aviões prateados. Sobre a camisa usa um blazer leve, preto como a camisa. Traz na cabeça um chapéu-coco, que nele, em vez de ridículo, parece inevitável. Maggie está sentada a outra escrivaninha, enquanto Lara permanece de pé, atrás do prisioneiro.

— Começo eu? — pergunta Maggie.

O comissário apruma-se. Solta os papéis.

— Não, minha senhora. Começo eu.

Bentinho sorri largamente. No seu peito, a noite parece sorrir também.

— Se quiserem, começamos nós.

— Você se acha engraçado? — grita Maggie. — Diga-me lá o seu verdadeiro nome!

— Charles Poitier Bentinho, cara senhora. Todos os nossos nomes são muito verdadeiros.

O comissário Laranjeira debruça-se sobre a mesa. As grandes mãos dele avançam por entre os papéis.

— Olha lá, ó, turra, eu conheço-vos a todos. Estive na tua terra.

— Em Angola?! — A voz de Bentinho é quente e plácida. — Chefe Laranjeira, o senhor pode me servir um cafezinho?

— Não queres mais nada, não? Sim, eu conheço-vos bem, os pretos de Luanda, com a mania de que são superiores a toda a gente. Mesmo no tempo colonial achavam-se melhores do que os brancos. Eu conheci Angola quando aquilo ainda estava em condições.

Lara levanta-se.

— Em condições, comissário Laranjeira?!
— Sim, em condições. Devias ter conhecido Luanda naquele tempo. Ou as outras cidades: Nova Lisboa, Carmona, Salazar...
— Adiante! — comanda Maggie. — Vamos direto ao assunto. Você, senhor Bentinho, foi militar, não foi?
— Exatamente.
— E qual era a sua especialidade?
— Explosivos. Minas e armadilhas.
— Ainda bem que está a cooperar. Então, diga-me lá. Você é do Isis?
— Nós, Charles Poitier Bentinho, somos do Uíge, sim, minha senhora, com muito orgulho.
— Ah! O senhor confessa?!
O comissário solta uma gargalhada terrível:
— Uíge! Uíge! Ele está a dizer que é do Uíge, uma cidade do norte de Angola!
— Uíge, sim — reconhece o prisioneiro, com um educado aceno de cabeça. — Conheceu o Uíge, chefe Laranjeira?
Lara abana a cabeça, sorri:
— Isto começa bem, começa.
O comissário repara no sorriso de Lara. Também ele se levanta. Caminha pela sala em largas passadas.
— Vais dizer-nos em primeiro lugar o que diabo fazias tu no aeroporto.

— Íamos voar, chefe Laranjeira.

— Íamos quem?!

— Todos nós, Charles Poitier Bentinho.

O comissário Laranjeira sacode as grossas mãos diante do rosto do preso. Por um momento parece que lhe vai bater.

— Não fales de ti como se fosses uma multidão, porra! Quando olho para essa cadeira, só vejo um gajo. Um único gajo.

— É que você não olhou suficientemente de perto, chefe Laranjeira...

Maggie chega-se à frente:

— Ias voar? Saltaste a vedação, foste apanhado na pista.

— Exatamente.

— Ias voar como?!

— Como se voa. Um tanto de combustível, outro tanto de convicção.

— Sabemos muito bem o que ias fazer — grita o comissário. — Querias era chegar ao avião pousado na pista.

— Não, senhor. Não ia para o avião. Não preciso de aviões para voar.

— Por que razão carregavas na tua mochila cinco litros de vinagre? — pergunta Lara.

— O vinagre é o meu combustível.

— Serve para quê?

— Serve para voar, claro!

Os três agentes entreolham-se em silêncio. Então o comissário Laranjeira dá um violento soco na mesa, derrubando dossiês, livros e documentos.

— Meu preto filho da puta! Estás a gozar conosco?

Maggie, muito nervosa, encara o comissário:

— O que foi que o senhor disse?!

— Nada, colega, esqueça. Não disse nada.

— Vamos com calma. — Lara coloca-se entre os dois policiais. Depois volta-se para o prisioneiro. Sorri para ele. — Explica-te melhor. Tens de compreender uma coisa. A acusação que pesa sobre ti é muito, muito grave. És suspeito de ligações a uma organização terrorista. Entendes?

Maggie agita um passaporte preto.

— Temos aqui o seu passaporte, senhor Bentinho. Está tudo aqui. Esteve na Síria durante dois meses. O que foi fazer na Síria?

Bentinho baixa os olhos.

— Recebemos instruções.

— Ah, agora, sim — exulta o comissário. — Agora começamos a nos entender. E recebeste instruções de quem?

Bentinho aponta para uma janela.

— Deles!

Maggie retira uma fotografia de um dossiê. Mostra-a ao prisioneiro.

— Estás a falar desta mulher?
— Conheces esta mulher?! — grita o comissário.

* * *

Na sua cela, Bentinho encosta o ouvido à parede, junto ao desenho do pássaro.
— Não ouço. Não ouço nada.
Silêncio.
— Aquela mulher?! Se eu conheço aquela mulher? Alguém pode dizer que conhece uma mulher? Eu a vi pela primeira vez em Paris, estava saindo da loja Yves Saint Laurent, onde comprei esta minha bela camisa, e dei com aqueles olhos. Aqueles olhos me enlouqueceram. Todo o corpo dela estava nos olhos. Até esse dia, eu olhava para uma mulher e só lhe via a bunda, só lhe via as pernas, só lhe via as mamas. Com a Faíza foi diferente. Eu só lhe vi os olhos, na verdade, porque não conseguia ver mais nada. Eram os olhos e a burca. A burca e os olhos.
Novo silêncio.
— Ela também olhou para mim. Mas não demorou o olhar, como é costume suceder. As mulheres gostam de mim. Tenho suégue, Deus sabe como tenho suégue! Tenho bué de banga. Sou angolano! Não preciso dos remédios que vendo aos meus clientes. Tem esse de muito efeito... o migosta. A gente também lhe chama

perfume da domação. Nunca usei, não preciso. Agora, com aquela dama aburquesada... Aiuê, fiquei meio abuamado, sabes como é? Quanto mais ela me ignorava, mais eu me animava. Ela foi subindo a avenida, e eu atrás. Até que chegou à mesquita. Entrou. Eu nunca tinha visto uma mesquita. Fui embora. Na manhã seguinte, voltei. Vi que as pessoas se descalçavam para entrar. Hesitei. Então eu ia deixar os meus estilosos sapatos Louis Vuitton na má companhia daqueles outros calçados vagabundos?! Quando voltasse, quem sabe já não estavam lá. Nem o Louis nem o Vuitton. Fui embora. Um dia mais tarde, estava com uns cambas a comemorar o Dia de África, era noite, e vi uma mulher sentada a uma mesa próxima. Vi uma mulher! Quero dizer, vi uns olhos. E eram aqueles olhos. Era ela! Antes que eu tivesse tempo de pensar, ela levantou-se e dirigiu-se a mim. E aí começamos uma conversa sobre Deus e ela me perguntou se eu era crente. E eu respondi: "Moça, sou um crente irregular". Faíza ficou desiludida. E eu percebi: para conquistar aquela dama, eu precisava me converter ao Islã. E me converti.

*  *  *

— Responde! — grita Maggie. — Conheces esta mulher?!

Bentinho hesita:

— É a Faíza.

— Faíza al Garbh!

— Exatamente.

— Faíza al Garbh, irmã do Abdelrahman al Garbh, dirigente do Estado Islâmico.

— Exatamente.

— Que tipo de relação tinhas tu com ela? — pergunta o comissário.

Bentinho volta-se para o agente, chocado:

— Relação, chefe Laranjeira?! De vários tipos, mas sempre com proteção.

— Proteção? Que tipo de proteção?

— Camisinha, sempre com camisinha. Sou um homem sério.

Maggie desaba, vencida, numa das cadeiras.

— De que é que ele está a falar?

Lara esconde o riso com as mãos. Parece muito jovem quando ri e sabe disso. Anos antes, Lourenço advertira-a: "Perdes toda a autoridade quando ris. Uma agente da autoridade não pode rir". O riso, porém, é como a água: se tapamos a boca, ele sai pelos olhos. O riso de Lara fica a flutuar na sala, como uma luz subversiva. A jovem agente olha para o rosto fechado do comissário Laranjeira e faz um esforço para recuperar a compostura.

— Acho que sei do que ele está a falar — diz. — Não sei é do que nós estamos a falar.

— Camisinha! — insiste o prisioneiro, fazendo o gesto de colocar uma camisinha num pênis imaginário, um pau enorme. — Não é o que dizem as campanhas?

O comissário grita:

— Ah! Meu cabrão, preto filho da puta!

Maggie grita em cima do grito do comissário:

— Racismo, não! Eu apresento queixa contra o senhor...

— Queixa?! Queixa a quem?! Estamos em Portugal. Eu não trabalho para a senhora.

Bentinho ergue as mãos, sereno e elegante. É um príncipe, é o próprio papa.

— Por favor, meus senhores, queridos amigos, vamos ter calma! Estamos a conversar. Somos todos pessoas urbanas e civilizadas.

— Estão a ver isto?! — O comissário aponta para Bentinho. — Eu é que conheço estes cabrões, acham que são reis. Deixem-me lá conduzir isto.

— Exatamente! — concorda o prisioneiro.

— Exatamente! Exatamente! Estou farto dos teus "exatamentes"! Se dizes mais um "exatamente", palavra de honra que te mato! — O comissário levanta-se e chuta a cadeira, que cai com estrondo. Volta a erguê-la. Respira com dificuldade. — Tu só falas quando eu te perguntar alguma coisa! Entendeste? Parece que estás numa passarela. Afinal, quantas gravatas tens?

— Trinta e uma, chefe Laranjeira! Uma para cada dia do mês. Nunca repito. A maioria comprada em Paris. O meu pai, Ngola Ndongo, sempre me dizia: "Filho, o respeito começa na gravata". O senhor comissário, por exemplo, sem ofensa, é um homem bonito, bem-apessoado, ficaria muito bem com este meu terno. Se quiser, apresento-o ao meu alfaite, o senhor Almeida, o melhor alfaiate de Lisboa. Em Paris compro os meus trajes nas marcas mais conceituadas. Em Lisboa, mando o Almeida fazer.

— Não me dês conversa. O que eu quero saber é onde é que tu arranjas dinheiro para te vestires dessa forma.

— O negócio dos milagres corre bem. Quanto mais crise, mais demônios. Por exemplo, aqui em Lisboa, você pega o *Correio da Manhã*. Cada vez tem mais anúncios de quimbandeiros. Já há mais quimbandeiros do que meretrizes.

Maggie interrompe, agressiva, mostrando uma fotografia:

— Voltemos à Faíza. E com este, o irmão dela, o Abdelrahman, chegaste a ter alguma relação?

— Desculpe, colega, mas esta é a minha casa. Sou eu quem faz as perguntas — interrompe o comissário.

— E com este, o Abdelrahman, chegaste a ter alguma relação?

Bentinho olha para os três, desconcertado. Cobre o rosto com as mãos.

— Como descobriram? Eh pá, as pessoas falam bué, falam demais, falam à toa. Aquilo foi um terrível equívoco...

— Um equívoco?! — diz Lara.

— É que lá tem aquela moda estúpida, homens e mulheres andam todos de vestidos compridos. Um gajo fica confuso, fica ansioso, e um dia dei por mim a olhar com interesse para a bunda do meu cunhado. O que querem? Um homem não é de ferro. Aconteceu.

\* \* \*

Na sua cela, voltado para a parede, de pé, Bentinho fala com o pássaro.

— Fazem-me falta um caderno e uma caneta para escrever aqueles meus versos. Os poemas são os meus remédios. Até me dava jeito agora, com aquelas duas policiais, fazer deslizar um charme. A portuga gosta de mim, já vi. A outra, a mulata, vai gostar. Vai ficar minha refém.

Silêncio. Bentinho aproxima-se do pássaro. Baixa a voz:

— Esse comissário Laranjeira, ele me lembra um dos meus pacientes. Um atormentado. Um antigo combatente. Um homem muitíssimo raivoso. Veio-nos consultar, Charles Poitier Bentinho, filho do grande quimbanda Ngola Ndongo, neto do príncipe do Congo, Nicolau Ndongo. Esse homem, o antigo combatente, estava com problemas no emprego. Até certo dia, todos lhe obedeciam. Ele nem precisava dizer uma palavra. Comandava o departamento só com a autoridade do olhar, tipo mocho. Então, de um dia para o outro, isso acabou: por mais que ele gritasse, ninguém lhe obedecia. Nem o espelho lhe obedecia. Era uma sombra. Deu-me muito trabalho trancar todos os demônios, uma legião deles. Esse comissário Laranjeira tem demônios muito, muito antigos, mas os meus poderes são ainda mais antigos. Descobri esses poderes quando tinha doze anos. Uma noite, recebi um sonho. Um pássaro me disse: "Nós, os pássaros, seremos a voz que te conduzirá. Voarás conosco, mas terás de aprender a escutar. O próximo mês dormirás nos cemitérios. No mês seguinte, dormirás nos sonhos de mulheres virgens. Farás assim até que elas despertem nos teus braços. Ensinar-te-emos a trancar demônios. Os pequenos demônios da inveja. Os demônios cintilantes da ambição. Os demônios frios da impotência. Os demônios úmidos da luxúria. Os tristes demônios de asas quebradas que nos falam como se fossem anjos".

Bentinho cala-se um momento. Acaricia o pássaro.

— E assim me tornei mestre em espíritos, domador de demônios e dragões. Abri um consultório, com anúncio no *Jornal de Angola*. Tornei-me um missionário de sucesso. Os pacientes se multiplicaram como estrelas num céu sem nuvens: ministros, generais, futebolistas, cantores de muita fama. Um dia, estando doente em casa, mandei pedir uma pizza. Quando a pizza chegou, tive uma iluminação: por que não vender milagres a domicílio? Foi o que fiz e fiz muito bem.

Nova pausa. Bentinho parece escutar algo, encosta o ouvido à parede. Permanece imóvel, sacudindo a cabeça.

— Entendi. É essa a minha missão? Cada um desses policiais tem os seus demônios, todos estão possuídos, todos andam no meio de pedras afogueadas. Sim, meus pássaros, vou trancar esses demônios.

\* \* \*

Lara entra no escritório da Polícia Judiciária. Está vazio. A jovem agente dirige-se para a escrivaninha do comissário Laranjeira e vai remexendo em papéis e objetos.

— Olhe para isto, tudo desarrumado. Esse homem não mudou...

Alguma coisa lhe chama atenção. É uma fotografia.

— Ele ainda tem esta foto? Meu Deus! Eu era tão menina e tão ingênua. Como pude acreditar que daria certo?

O comissário Laranjeira entra neste momento, segurando uma xícara de café. Detém-se, surpreso. Sorri:

— A mexer nas coisas dos outros?

Lara pousa a fotografia na mesa. Olha-o com ternura.

— E não é isso que fazemos, comissário?

— Há coisas nas quais é melhor não mexer.

— A sério?

— É melhor não acordar o passado.

Lara senta-se. Entristeceu.

— O passado é o meu presente. Já te disse que todas as noites sonho com aquilo?

— Lara, Lara, foi um acidente...

Lourenço Laranjeira ajoelha-se diante dela, vai para abraçá-la, mas a mulher recua o tronco, as mãos espalmadas. Maggie entra.

— Interrompo?

— Não, não! — diz Lara. — Não interrompe nada. Vamos trabalhar. Há um homem preso, talvez injustamente.

— Alguma culpa ele tem. Este homem não é inocente. Era amante e amigo de terroristas. Esteve na Síria. Saltou a vedação para a placa do aeroporto com uma bomba num saco...

— Uma bomba, Maggie?! — Lara olha irritada para a americana. — Eram garrafas de vinagre.
— Sabes o que se pode fazer com vinagre?
— Salada?
— Maggie tem razão — diz o comissário. — Tu faltaste às aulas de química.
— Cala-te! Vai buscar o Bentinho!
O comissário Laranjeira sai contrariado. Maggie estuda Lara com curiosidade.
— Passa-se alguma coisa entre vocês?
— Não.
— Há quanto tempo se conhecem?
— Há demasiado tempo. Sabe, gostaria de ser como esse Bentinho, um mentiroso compulsivo, um inventor de histórias. Quem sabe eu inventasse um outro passado para mim.
— Bentinho mente tão bem que todos acreditam nele. Recebi nesta manhã, da minha agência, os resultados de uma investigação com pessoas que o consultaram, em Angola. Não vai acreditar. São só elogios. Sujeitos que encontraram cura para os problemas mais diversos.
— As pessoas querem ser enganadas.
— Tem razão, as pessoas pagam para ser enganadas. Mas, diga-me, do que não gosta no seu passado?
— Este caso lembra-me um outro. Prefiro não falar sobre isso.

— Para mim é como um regresso à África. O meu pai era pastor protestante. Quando eu tinha quatro anos, fomos para Moçambique. Vivemos lá até os meus quinze anos. Depois fomos para o Sudão, e aí aconteceu uma coisa terrível. Homens armados assaltaram a missão e mataram o meu pai à catanada. Escondida num armário, não vi nada, mas ouvi tudo. Naquele quarto, a uns metros de mim, a minha mãe foi violada. As milícias saíram e eu continuei ali, fechada, até a minha mãe me ir buscar. Nunca mais a consegui olhar nos olhos...

— Nem sei o que dizer...

— Agora veja a ironia: um homem que sempre se preocupou com as suas origens, que sempre sonhou em visitar a África para encontrar os seus antepassados e levar-lhes a palavra de Deus, acaba assassinado de forma tão cruel.

— É uma história terrível. E a sua mãe?

— Voltou à África. Não compreendo.

— Eu posso entender. Por vezes precisamos revisitar o lugar onde nos feriram. Além disso, pelo que me conta, os seus pais tinham essa ligação profunda com a África. Você não tem?

— Não me interessa. Sou americana, nunca senti esse drama da identidade. Sinto uma outra carência. O meu pai no princípio visitava-me em sonhos. Agora já nem isso. Não imagina como me dói, a pessoa mais importante na minha vida desapareceu duas vezes.

— Você quer lembrar, eu só quero esquecer.

— E o que tanto quer esquecer, Lara?

— Quero esquecer certas pessoas!

— O comissário Laranjeira?

— Trabalhamos juntos. O meu primeiro posto foi na Polícia Judiciária. O Laranjeira era meu chefe. Eu era muito jovem, tinha vinte anos. E o Lourenço... O Laranjeira... era um homem bonito, com muita vida atrás. Apaixonei-me loucamente por ele.

— Estranho. Vocês parecem tão diferentes.

— Não imagina o quanto. Mas eu o admirava muito. Já àquela altura o Laranjeira era uma lenda na Polícia Judiciária. Eu não queria ver o que estava à vista de todos. Achava que a amargura dele, o racismo dele, tinham a ver com o trauma da guerra em Angola. Achava que, com a minha ajuda, ele conseguiria superar isso.

— Ninguém transforma ninguém.

— Eu achava que sim. Um dia acompanhei-o no interrogatório a um jovem rapper negro, acusado de ligação com uma gangue. Lembro-me muito bem desse jovem, era um miúdo alto, bonito, com aquela arrogância própria da idade. Troçava de nós. O Laranjeira enlouqueceu. Esbofeteou-o. Empurrou-o. O miúdo caiu para trás e bateu com a cabeça numa esquina.

Neste momento entra o comissário Laranjeira, assobiando. Detém-se, olha para as duas mulheres, percebendo a tensão.
— O que se passa aqui?
— Vou fumar. Volto já.
— Posso saber o que se passa, Lara?
— Vou fumar também.
— Mas tu não fumas!
— Comecei agora.

\* \* \*

Sentado à sua escrivaninha, o comissário Laranjeira finge ler um relatório. Guarda os documentos e abre outra pasta. Bentinho, sentado diante dele, sorri com bonomia.
— Onde estão as nossas damas?
— Foram fumar.
— Pensei que a agente Lara não fumasse.
— Começou agora.
Lara e Maggie entram juntas.
— Vamos ao trabalho — ordena Maggie.
Lara tira um caderno da sua pasta e mostra-o ao prisioneiro:
— Podes dizer-nos o que é isto?
— É o meu caderno.
— "Caderno dos segredos e das revelações".

— Exatamente.

— Algumas passagens deste teu livro deixaram-nos intrigados. Por exemplo, na página trinta e dois, está escrito: "Hoje recebi as instruções do Seven Power".

— Sim, agora diga: que organização é essa, Seven Power? — questiona o comissário.

— Desconheço.

— Desconheces?! — O comissário levanta-se. — Como podes desconhecer se recebes instruções deles?

— A Lara iniciou este interrogatório — diz Maggie.

— Deixemos que seja ela a continuar.

— Exatamente. — Bentinho sorri.

— Já disse que quem manda aqui sou eu. — grita o comissário. — Estamos na PJ!

Maggie encolhe os ombros:

— Por favor, Lara, continue.

— Disseste que desconheces a organização. Como assim? — pergunta Lara.

— Desconheço mesmo. Eu apenas recebo o produto.

— Que produto?

— Esse pó que vem da Nigéria. Aplica-se em lavagens.

— Que lavagens?

— Dos atormentados.

— Atormentados?

— Atormentados. Pessoas que sofrem de demônios. Faz-se um banho com esse pó, e essas pessoas são lavadas sete vezes e, desse modo, ficam salvas.

— Estamos a perder tempo. — O comissário suspira. — Assim não vamos a lado nenhum.

— O que sugeres?

— Passa-me esse caderno! — exige o comissário. Lara passa-lhe o caderno. — Página dez, página doze, página vinte e quatro... Sempre isto: "Hoje recebi instruções". Afinal, quem te passa essas instruções? Quem é que te diz para ires para ali ou para acolá?

Bentinho abre os braços como se fosse voar.

— Os pássaros!

— Um bom pássaro me saíste tu! Isto agora é uma conversa de homens.

— Exatamente!

— Mas que "exatamente", porra! Limita-te a responder às minhas perguntas. Responde então a esta: para que era o vinagre? Tinhas cinco litros contigo no aeroporto, e lá na pensão onde estavas alojado, a pensão Andorinha, encontramos mais de cinquenta litros. Para que querias tu tanto vinagre?

— Como já expliquei, eu executo voos noturnos. Preciso de muito combustível.

Maggie levanta-se. Esfrega os olhos. Parece exausta.

— Por favor, preciso ficar um momento a sós com este senhor.

— A sós com ele?! — O comissário a olha, irritado. — Para quê?

— Porque eu quero!

— Por mim acho muito bem — diz Bentinho. — Também preciso ficar a sós com ela.

— Venha comigo, comissário. — Lara estende a mão ao comissário. — Vamos os dois fumar um cigarro.

Saem os dois. Maggie senta-se na cadeira do comissário, voltando-se a Bentinho:

— Vou ser direta, não temos muito tempo. Esse seu discurso ofende-me! Ofende-nos a todos nós, negros! É isto que racistas como este comissário querem ouvir.

— O senhor comissário não tem culpa. São os demônios que falam pela boca dele.

— Basta! Basta! Sabe por que não acredito em si? Porque o senhor não parece uma pessoa, é uma caricatura!

— Já lhe disseram que você fica linda quando se exalta?

Maggie levanta-se, abanando a cabeça, e sai para chamar os outros dois.

*  *  *

Lara, Maggie e o comissário Laranjeira conversam uns com os outros. A cadeira em que se sentou Bentinho permanece vazia. Contudo, é como se ele ainda estivesse lá.

— Isto não está a correr bem — fala o comissário, voltado para Maggie. — Houve uma falha na linha de comando, o gajo percebeu e está a gozar conosco.

— Não é nada disso — contesta Lara. — Precisamos ter a abertura de espírito para aceitar a possibilidade de que o tipo seja inocente. Eu acho que ele é inocente. Parece-me um pobre homem, apanhado por acidente nas malhas de um processo que o ultrapassa.

— Não sei, não — opõe-se Maggie, mordendo os lábios. — No meio da mentira e do delírio, há ali fragmentos de verdade. Por exemplo, aquilo que ele contou, que teve relações sexuais com o Abdelrahman al Garbh.

O comissário Laranjeira ri livremente:

— Por equívoco, diz o gajo. Por equívoco.

— Por equívoco ou não. A confissão coincide com um relatório que recebi hoje, segundo o qual o Abdelrahman foi executado pelo Isis como sodomita.

Lara ergue as sobrancelhas:

— Os sodomitas são executados de forma particular?

— Sim. Esmagam-nos derrubando um muro sobre eles. Ele foi morto assim. Se isso aconteceu, então talvez seja verdade o que o Bentinho conta, que teve de se esconder e fugir da Síria por estar a ser perseguido pelo Estado Islâmico.

— E o que aconteceu à mulher? — pergunta Lara.

— Desconheço. Desapareceu.

— Vocês duas veem muitos filmes. É isso que ele quer que nós pensemos, que é um pobre louco que estava na hora errada no lugar errado... Desculpem, o meu telefone... Tenho uma chamada... Preciso mesmo atender. É o ministro.

O comissário atende ao telefone. Levanta-se, faz uma pequena mesura. Afina a voz:

— Bom dia, senhor ministro, muito bom dia... Sim, sim, vi as notícias, mais um homem-bomba. O mundo enlouqueceu, senhor ministro. Não se fala noutra coisa... Sim, eu sei, eu sei, estamos a apertar com ele... Com certeza, senhor ministro, pode ficar descansado. Eu ligo para o senhor. Muito bom dia.

Lourenço Laranjeira desliga o telefone e atira-o para cima da escrivaninha. Volta a sentar-se. Encara as duas mulheres com uns olhos assustados:

— Perceberam? Não estamos aqui para discutir a antropologia dos terroristas. Eles querem resultados. Já!

— Seria melhor se quisessem justiça! — rosna Lara.

— Todos nós queremos justiça, Lara — diz Maggie. — Também os meus chefes estão inquietos.

O comissário debruça-se sobre a escrivaninha. É um homem grande e assustado.

— Estamos em guerra, uma guerra global. Aquela gente quer acabar com a civilização ocidental. Uma pessoa prestes a ser mordida por uma cobra manda vir um biólogo para avaliar se esta é venenosa ou corta-lhe logo a cabeça à catanada?

Lara abana a cabeça. Também ela está assustada.

— Então o que pretendes é fabricar um terrorista!

— Por que é que não foste para freira?

Lara levanta-se. Grita:

— Vai-te foder! — Ela sai batendo a porta.

O comissário ergue-se, faz menção de segui-la, mas volta atrás:

— Ouça, Maggie. Peço-lhe desculpa. No outro dia, não queria magoá-la. Eu não sou racista. Em Angola era o único branco no meu batalhão. Fiz amigos. Chamavam-me Papá Alauka, que no dialecto dos gajos significa "homem verdadeiro". Amigos morreram-me nos braços. Até hoje recebo cartas de antigos companheiros...

Maggie interrompe-o:

— Não quero ouvir as suas explicações. Não gosto do senhor. Não vou gostar nunca. Mas não é isso que está em discussão. Temos uma missão a cumprir.

— Tens razão. Deixe-me só concluir. O que se passa é que este Bentinho lembra-me os outros turras, aqueles que mataram os meus companheiros.

— Você acaba de receber uma chamada do seu ministro. Eu tenho o meu chefe à perna todos os dias. Temos de acabar depressa com isso. Deixem-me levar o homem. Você sabe que foi para isso que eu vim.

— Isso não pode ser. O que temos não chega. Arranje algo que convença a Lara.

\* \* \*

Anoitece. Na sua cela, enquanto as sombras avançam, Charles Poitier Bentinho conversa com o pássaro.

— Tenho andado a observar-te, meu pássaro. É verdade que estás muito prisioneiro. Mas antes preso a um muro do que morto debaixo dele. Eu escapei desse destino. Foram dias de muito medo, cercado de demônios. Sou mestre em espíritos, domador de dragões, isso veio-me a ser útil lá na Síria. Um dos comandantes me chamou um dia, muito secretamente, porque sofria de um mau desempenho, o armamento dele não funcionava, e ouvira falar dos meus talentos. Implorou-me ajuda. Resolvi o problema. Quando começaram a me perseguir, me lembrei dele. Não regateou. Me ajudou a sair do país, direto para a França, com risco da própria vida.

\* \* \*

Num dos escritórios da Polícia Judiciária, o comissário Laranjeira, Lara e Maggie estão de novo juntos. O comissário cortou o cabelo. Parece mais novo. Parece ainda mais novo quando fala:

— Tenho uma boa notícia e uma má notícia. A boa notícia é que recebemos ontem uma denúncia anônima indicando que a Faíza al Garbh estaria alojada numa pensão no bairro dos Prazeres, chamada A Flor dos Prazeres.

— Faz sentido — diz Maggie. — Temos informações de que ela teria saído da Síria com o Bentinho.

— Apanharam-na? — pergunta Lara.

— Não — diz o comissário. — Essa é a má notícia. Quando chegamos à pensão, ela já se tinha evaporado. Nem sinais. Mas a proprietária da pensão reconheceu a fotografia.

— Para compensar, eu tenho uma boa notícia — interrompe Maggie. — Mais uma prova de que estamos diante de um terrorista. Eis aqui a transcrição de uma conversa telefônica entre o prisioneiro e a Faíza, pouco depois de eles terem se conhecido.

Maggie exibe um papel que entrega ao comissário.

O comissário lê em voz alta:

Bentinho: Bom dia, minha pérola do Oriente.

Faíza: *Salaam Aleikum*, meu amigo.
Bentinho: Quero oferecer-te o meu livro, *Minas & armadilhas*. Interessa-te?
Faíza: Interessa muito, mas esta não é uma conversa que se possa ter ao telefone. Vem a minha casa esta noite.
Bentinho: Lá estarei.

Lara estende a mão:
— Posso ver isso? — Lê em silêncio. — Onde está o livro?
— Ainda não o conseguimos encontrar — diz Maggie.
— Para que queres o livro? — pergunta o comissário. — Não te basta esta transcrição? O homem combateu durante cinco anos no Exército angolano. É perito em explosivos. Escreve um livro chamado *Minas & armadilhas*. Achas que o livro trata de quê? Poesia?
— Vamos interrogá-lo sobre isso.
— Por amor de Deus, Lara, não sejas teimosa. Estamos a perder tempo. Está aqui o formulário para a transferência do prisioneiro. Eu já assinei. Assina tu.
— Quero falar com o preso.

\* \* \*

Charles Pontier Bentinho está deitado no chão da sua cela. Um fio de luz cai do alto, iluminando-lhe os olhos.

— Sabes o que é o amor, meu pássaro? Muitos julgam que sabem, mas nem o perfume lhe distinguem. Eu mesmo, que conheci mais de mil mulheres, quantas amei na verdade? Eu, mestre de espíritos, domador de dragões, tratei um sem-fim de gente. As pessoas se queixavam de dores diversas, incompetências sexuais, agonias e desesperos, rugas e verrugas, invejas, rancores e maus odores, mas, vendo bem, quase todas sofriam era de falta de amor. E, de tanto tratar os outros, não me dei conta de que também eu vinha sofrendo do mesmo mal. Percebi isso no instante em que, lá em Paris, tropecei nos grandes olhos de Faíza. Ah, meu amigo, olhos como oceanos. Como se toda a luz do mundo nascesse daqueles olhos. Não me converti ao Islã, não! Me converti a ela.

*  *  *

Bentinho está sentado diante da escrivaninha do comissário, na presença deste, de Maggie e de Lara. O comissário encara-o triunfante:

— Com que então escreveste um livro, *Minas & armadilhas*?

— Exatamente, chefe Laranjeira.

— E o que nos podes dizer sobre essas minas? Ao longo da tua vida, quantas minas montaste?

— Chê, mais-velho, difícil dizer ao certo. Montei bué: muitas, muitas, muitas. Mais de mil.

— Mais de mil?!

— Palavra da minha honra! Mais de mil. Só na época em que fui taxista, porque eu fui taxista, naquela época eu tinha uma mina em cada bairro. Até mais do que uma. No Sambila, umas cinco, nacionais. No Rangel, uma soviética.

— Soviética?

— Ucraniana, melhor dizendo. Grandes pernas.

— "Pernas"?! — espanta-se Maggie.

— Não é para me gabar. Nessa época fiz muita mulher feliz!

Lara não se consegue conter e irrompe em gargalhadas. O comissário imita-a.

— Este gajo é uma comédia!

Maggie olha para todos, desorientada:

— Desculpem, para ver se eu entendo: de que trata esse livro?

— É um livro de poemas, agente Maggie. Eu sou um poeta romântico de muito sucesso. O meu livro está em grandes bibliotecas internacionais. Obama tem o meu livro. Sei que gostou muito. O Papa Francisco tem o meu livro. Adorou. Mia Couto me escreveu pedindo a honra de um prefácio.

— E as "minas"? As "armadilhas"? — pergunta Maggie.

— Todas as minas são armadilhas. Nem há melhor armadilha que o jardim secreto de uma mulher.

Lara, chorando de rir:

— Jardim secreto?!

— Taça perfumada, o repouso do varão, as portas do céu...

O comissário interrompe-o:

— Ok. Ok. Já entendemos. Vou levar-te de volta à cela.

O comissário Laranjeira sai com o preso.

Lara fala a Maggie:

— Depois disto, ainda acha que temos um caso? O homem é completamente tonto.

— Ou faz-se de tonto — diz Maggie. — É um bom ator.

— Não cheguei a contar-lhe como terminou o episódio com o rapper. O que se está a passar lembra-me muito isso.

— O que aconteceu?

— O jovem morreu. O Laranjeira alegou legítima defesa e pediu-me que confirmasse a versão dele.

— E, claro, você confirmou.

Lara, agora em lágrimas, não responde.

O comissário Laranjeira reentra no escritório.

— O que se passa aqui?

Lara diz, tentando secar as lágrimas com as mãos:

— Sabes muito bem o que se passa.

— O que quer que seja — diz Maggie —, não é para aqui chamado. Somos policiais. Temos um caso em mãos. Vamos tratar deste caso.

— Exatamente! — concorda o comissário.

— Este caso tem a ver com o outro — diz Lara. — Vocês querem colocar-me na mesma situação.

— "Vocês"?! — pergunta Maggie.

— Não sei do que estás a falar — acrescenta o comissário Laranjeira.

— Então eu explico-te.

— Tratem dos vossos assuntos fora daqui. São assuntos pessoais.

Lara exalta-se. Grita:

— Não são assuntos pessoais!

— Acalma-te, porra. — O comissário dá um soco na mesa. — Estás naquela altura do mês?

— Comissário, pelo amor de Deus! — diz Maggie.

Lara chora, em desespero:

— Odeio-te! Odeio-te! Odeio-me por aquilo que me obrigaste a fazer.

— Obriguei?! O que foi que te obriguei a fazer?

— Eu sei o que foi. Aqui, todos sabemos.

— Não sei lidar com mulheres histéricas!

— Mulheres histéricas?! — pergunta Maggie.

— Sim, histéricas. Nunca deviam ter deixado as mulheres entrarem sem para a polícia. Vocês não sabem lidar com situações de tensão. Choram por qualquer coisa.

— Eu não estou a chorar.

— Pois espera que já choras, sua afro-americana de merda!

— Do que foi que me chamou?

— Afro-americana. Ou prefere que lhe chame preta?

Maggie levanta-se. Endireita a saia.

— Acabou-se. Vou apresentar queixa contra o senhor.

— Apresente. Quero lá saber.

Maggie sai. Lara e o comissário trocam um olhar pesado. Lara baixa os olhos. O comissário sorri tristemente.

— Não sei que história lhe contaste, Lara. Eu vou ter de contar a verdade a ela.

* * *

O comissário visita Bentinho na sua cela. O angolano, sentado na cama, mostra-lhe o lugar vazio ao seu lado.

— Vai ficar em pé, mais-velho? Sente-se aqui.

— Prefiro ficar de pé.

— Parece preocupado. O que se passa?

— Por que é que vocês, pretos, têm problemas quando vos chamam pretos? A mim, podem chamar-me branco que eu não me ofendo.

— Conte-me lá o que se passa. Problemas?

— Aquela cabra, a americana, fez queixa de mim.

— Tente entender, mais-velho. A dona Maggie está atormentada por fortes demônios.

O comissário senta-se na cama, ao lado de Bentinho.

— O meu chefe chamou-me. Não só querem retirar-me deste caso, como ameaçam mover-me um processo e expulsar-me da polícia.

— Não tenha receio de se abrir comigo. Estou aqui para ajudar.

— Sempre fui polícia. Não sei ser outra coisa. O meu pai tinha uma pequena mercearia, ali no Alto da Cova da Moura. Um dia um preto – sem ofensa! – assaltou a loja e deu-lhe uma navalhada. O meu pai não morreu, mas perdeu a vontade de viver. Eu era muito miúdo. Aquilo marcou-me. Decidi entrar para a polícia para ajudar as pessoas.

— Para o seu caso, sugiro uma lavagem com o Seven Power. Você tem o produto consigo. Toma o primeiro banho às seis da manhã, em jejum. O segundo uma hora depois, e assim sucessivamente. Durante esse tempo, você não pode comer nem ter relações sexuais. Entendeu?

— Foram o quê, quarenta anos de carreira? Uma vida. Uma vida inteira. Olha, ó rapaz, não tens aí o número desse teu alfaiate?

— O senhor Almeida? Vocês tiraram-me o meu telemóvel.

O comissário entrega-lhe o telefone.

— Aqui tens.

— É melhor ligar para ele. Não recebe toda a gente. Um momento... Alô, senhor Almeida? Ah, você reconheceu-me, o prazer é meu... Onde estou? Estou num salão de repouso, aqui mesmo, em Lisboa. Estou com um amigo, um irmão mais-velho, que está muitíssimo necessitado dos serviços de um bom alfaiate. Eu disse-lhe que você é o melhor alfaiate de Lisboa. O meu amigo é da Polícia Judiciária, comissário Laranjeira... Um momento... Em que dia lhe dá jeito, mais-velho?

— ...Sexta-feira?

— Sexta-feira... Trate-o bem. Vai da minha parte. Abraço, energia positiva.

O comissário arranca-lhe o telefone das mãos e levanta-se.

— Dá-me lá essa merda. Não penses que te safas. Vamos mandar-te para Guantánamo.

\* \* \*

O comissário Laranjeira anda de um lado para o outro, no seu escritório, em largas passadas nervosas. Está muito elegante, num terno escuro, camisa de seda azul, fina gravata às riscas. Fala alto enquanto caminha:

— Preciso dar a volta a isto, nem que tenha de lixar o preto. Seja como for, o gajo já está lixado. Até me dá pena, nem me parece mau tipo, mas agora é ele ou eu.

Maggie espreita na porta. Tosse para chamar a atenção do outro.

— Espero que tenha alguma coisa realmente importante para me dizer.

— Muito mais do que podes imaginar. Tenho algo que resolve este caso.

— Muito bem. Mostre-me.

— Você retira a queixa, deixa-me trabalhar e daqui a dois dias eu entrego-lhe uma confissão. Você leva o homem e nunca mais nos vemos.

— Confissão? Ambos sabemos que o pobre diabo é inocente.

— Ninguém é tão inocente que não possa parecer culpado. O Bentinho vai confessar.

— E onde fica a verdade?

— Verdade?! Não nos pagam para encontrar a verdade. Temos um crime, precisamos de culpados. E assim tranquilizamos as multidões. Não é isso que querem os seus chefes?

— Certo. Dois dias. Dou-lhe dois dias.

— E quanto à queixa?

— Foi um equívoco, o meu conhecimento da língua portuguesa é um pouco elementar.

— Exatamente! Exatamente! Então estamos conversados. Não diga nada à Lara.

\* \* \*

Bentinho recebe nova visita do comissário Laranjeira. Está sentado num pequeno banco, sob o desenho do pássaro. O comissário permanece de pé, junto à porta.

— Conheces a pensão A Flor dos Prazeres, no Bairro dos Prazeres? — pergunta o comissário Laranjeira.

— Não me faça isso, comissário, somos amigos.

— Não somos amigos. Noutra vida poderíamos ter sido amigos.

— Não, isso não, comissário. A Faíza, não!

— Estás apaixonado, não é? As mulheres é que nos destroem.

— O que fizeram com ela?

— Para já, nada. Por enquanto só eu sei onde a tua amada se esconde. Agora depende de ti.

— O que você quer?

— Quero uma confissão tua.

— E o que devo confessar?

— Que recebeste treinamento do Estado Islâmico na Síria e que foste enviado a Lisboa para explodir um avião americano.

— Como é que eu sei que depois a deixam em paz?

— Não sabes. Terás de confiar em mim. Dou-te a minha palavra que não a prendemos, não a prenderemos.

— Acredito no senhor. E a mim? O que me irá acontecer?

— Vais para a América. Não é assim tão mau.

— Sabendo que Faíza é livre, não estarei preso. Não tenho medo de prisões.

— Começo a acreditar nisso. Neste momento sou eu mais prisioneiro do que tu.

— Exatamente. Eu assino.

— Compreendes que, para garantir a segurança da Faíza, esta conversa nunca poderá sair daqui? Nunca aconteceu.

— Exatamente.

O comissário estende-lhe a mão:

— Exatamente!

\* \* \*

O comissário está à sua escrivaninha, tomando notas num laptop, quando Lara entra. A mulher detém-se. Sorri, espantada:

— Estás muito bem-vestido. Bela gravata.

O comissário levanta-se e abraça-a.

— O respeito começa na gravata.

Lara se solta.

— Mas não estamos aqui para falar na tua nova roupa, não é assim?

— É verdade. Este caso do Bentinho chegou ao fim. Ele confessou. Aqui tens a confissão, assinada por ele.

— Não acredito. — Lê. Perde o sorriso. Encara o comissário com raiva. — Não acredito! Não pode ser! Não acredito nisto!

— Não acreditas em quê?

— Não acredito em nada disto! Não acredito em ti!

Levanta-se e atira os papéis ao chão, pisa-os.

O comissário afasta-a, recolhe os documentos.

— Calma! Se não acreditas em mim, tudo bem, fala com ele!

Lara senta-se, desanimada:

— O que fizeste?

— Fiz o meu trabalho, Lara. Investiguei. Confrontei o prisioneiro com novos dados. Ele cedeu. Fim da história. Tenho aqui os papéis para a extradição. Só falta a tua assinatura.

— Não vou assinar. Quero falar com o Bentinho. Quero ouvir da boca dele.

\* \* \*

Lara entra na cela de Bentinho. A cela tem agora uma pequena mesa coberta por um pano africano. Sobre o tampo da mesa há um conjunto de búzios e pequenos ossos. O angolano levanta-se ao vê-la.
— Bem-vinda ao meu humilde consultório, agente Lara.
Lara agita os papéis da confissão.
— Podes dizer-me o que é isto?
Bentinho lê as primeiras linhas. Devolve os papéis.
— É a minha confissão!
— Como foi que tu assinaste esta coisa?
Bentinho volta a sentar-se. Joga os búzios.
— Dona Lara, diga-me lá, qual é a data do seu nascimento?
— O quê?
— Você é de março, não é?
— Como sabes?
— Isso é fácil. O que eu não consigo saber é o dia. Deixe-me lançar de novo os búzios.
— Não quero.
Bentinho volta a lançar os búzios.
— Diz aqui: você vive com um morto.
— Não gosto desta conversa.
— Você tem de deixá-lo ir embora. O morto já perdoou.

— Não sei do que estás a falar.

— Você é uma boa pessoa. Esse menino, o morto, quer ir embora. Mas você não deixa.

Volta a jogar os búzios.

— Para com isso — pede Lara.

— Dona Lara, dói-me tanto vê-la assim, infeliz. A culpa é a pior das prisões.

— O que posso fazer? Meu Deus, o que posso fazer? Não consigo esquecer. Sempre que fecho os olhos, vejo o rosto dele. Durmo e sonho com ele. Acordo e ali está ele, estendido na minha cama, o sangue espalhado nos lençóis.

— Dona Lara, escute: não foi você que o matou. Ele estava no fim. Ele caiu aqui, neste lugar, exatamente aqui. Mas tropeçou muito tempo antes. Você não conhece a história dele?

— Sim, sim, acho que tens razão.

— Vá, dona Lara, vá em paz. Não há culpado que não mereça ser inocente.

Lara sai, esquecendo-se dos papéis. Bentinho chama-a.

— Não esqueça isto. Eu sei por que assinei estes papéis. Teve de ser.

Breve silêncio. Lara sai.

Bentinho continua a falar, como se não tivesse dado pela saída da mulher:

— Por onde eu vou vocês não podem ir. Como eu vos amei, vocês devem amar-se uns aos outros. Com isso saberão que são meus discípulos.

* * *

Lara senta-se diante do comissário Laranjeira. O homem folheia um livro, distraído.
— Então, falaste com o Bentinho? Estás satisfeita?
— Ainda não sei o que lhe fizeste. Alguma coisa fizeste.
O comissário ergue os olhos.
— Ele disse que eu lhe fiz alguma coisa?
— Vão mandá-lo para Guantánamo?
— Isso já não é um assunto nosso.
— Não é justo, não é justo. Não posso assinar.
— Podes, sim. Se não assinares isto, a Maggie mantém a queixa e eu serei expulso da polícia.
— Problema teu...
— Problema meu?! Arrisquei a minha carreira por ti. Salvei-te a pele... Contaste a história ao contrário à Maggie, não foi?
— Não devia ter feito isso. Desculpa. Tenho muita vergonha.
— Eu amava-te muito. Como eu te amava.

Ficam os dois em silêncio. Escuta-se, vindo do pátio, um pássaro a cantar. O comissário ergue o olhar, subitamente alerta.

— Ouves?! Estás a ouvir o pássaro? Nos últimos dias, as árvores, lá fora, encheram-se de pássaros.

— Perdoas-me?

O comissário olha-a com ternura. Passa-lhe um documento.

— Vá, assina!

Lara assina.

\* \* \*

O comissário está sozinho no seu escritório, vestido de forma ainda mais elegante e ousada. Tem auriculares nos ouvidos e dá uns passos de dança enquanto canta em lingala um tema de Papa Wemba. Lara entra. Fica a vê-lo dançar.

— A dançar?! Já nem sei quem tu és!

O comissário Laranjeira, de costas para Lara, de olhos fechados, não a escuta. Continua a dançar, cada vez com mais entusiasmo. Dança bem, como se tivesse dançado a vida inteira. Lara senta-se, apreciando o espectáculo. Finalmente, o comissário abre os olhos e dá com ela.

— Estou impressionada — suspira Lara. — Não sabia que dançavas tão bem. Quando estavas comigo não gostavas de dançar.

— Agora gosto.

— E o Bentinho? Ele está pronto? Só vim aqui para me despedir.

— Está na cela, com a Maggie.

— O que estavas a ouvir?

— Papa Wemba, um músico congolês que o Bentinho me recomendou. Tenho ouvido muita música africana ultimamente. Descobri uma discoteca angolana perto da tua casa. É sexta-feira. Queres ir dançar comigo logo à noite?

— Se dançares como há pouco, quero muito. Sabes que eu adoro dançar.

\* \* \*

Bentinho está na sua cela vestido com um uniforme laranja. Maggie, diante dele, olha-o envergonhada.

— Não vou conseguir estar outra vez consigo a sós. Por isso pedi para lhe falar agora. Sei por que assinou a confissão. Está a proteger a Faíza. Levei algum tempo a entender por que decidiu sacrificar-se por ela. Você tem consciência de que esse gesto o atira para um futuro difícil, não tem? Você atirou-se para o precipício.

— Quando alguém está apaixonado, os abismos são como prados.

Ocorre um breve silêncio. Maggie, sentada à pequena mesa, cobre o rosto com as mãos.

— A sua generosidade surpreendeu-me, tenho de confessar. Fez-me pensar. Acho que, de certo modo, me transformou.

— É essa a minha missão. Sou um agente transformador. Transformo a dor em esperança.

Maggie olha-o, entre comovida e irritada:

— Não me interrompa... Não sou africana... Eu odiava a África. Tinha razões para isso, achava que tinha razões para isso. O que sucedeu com a minha família cegou-me. Eu olhava para a África e só via o horror. Não conseguia ver a beleza. Você surgiu, com essas falas de palhaço, e foi a confirmação de todos os meus preconceitos. Percebo agora que estava errada. Peço-lhe desculpa.

— Está muitíssimo desculpada. Queria pedir-lhe um favor. É que esta roupa...

— Um momento. Ainda não terminei. Você é importante para nós porque esteve na Síria, ao lado do Isis, combatendo ou não. Viu muita coisa. Ouviu muita coisa. Por que pensa que está vestido de laranja? Vão espremê-lo como a uma laranja.

— Exatamente... Mas ao menos para esta viagem não posso ir vestido com as minhas roupas? Uma boa gravata... A senhora sabe, o respeito... Depois podem me espremer...

— Já sei, já sei, o respeito começa na gravata. Não, não pode ser. São as regras. Vou deixá-lo a sós. Daqui a pouco voltarei para buscá-lo.

\* \* \*

Bentinho, sozinho na sua cela, raspa com as unhas o desenho do pássaro e recolhe o pó para uma caixinha. Faz isso lenta e minuciosamente enquanto canta. Terminado o trabalho, lança o pó para a luz, através das grades da cela.
— Vai, meu amigo, meu pássaro. Vai e voa, livre, de volta ao céu. Enquanto houver pássaros no céu, ninguém me poderá prender.

\* \* \*

Bentinho surge algemado no escritório do comissário, ladeado por dois agentes americanos, fardados e armados. O comissário o abraça.
— Ficas bem de laranja.
Lara dá dois passos.
— Também quero dar-te um abraço. Sei que estás inocente. Continuarei a lutar por ti.
— Vamos embora — interrompe Maggie. — Temos um avião à nossa espera. Um longo voo pela frente.

Vindo do exterior escuta-se um amplo revoar de pássaros e o seu alegre pipilar. Bentinho olha para a janela que dá para o pátio. O comissário acompanha o olhar dele.

— Boa sorte, meu mano — diz o comissário. — Vais ter saudade dos pássaros.

— Fique tranquilo, comissário: em toda a terra há céu, e em todo o céu há pássaros.

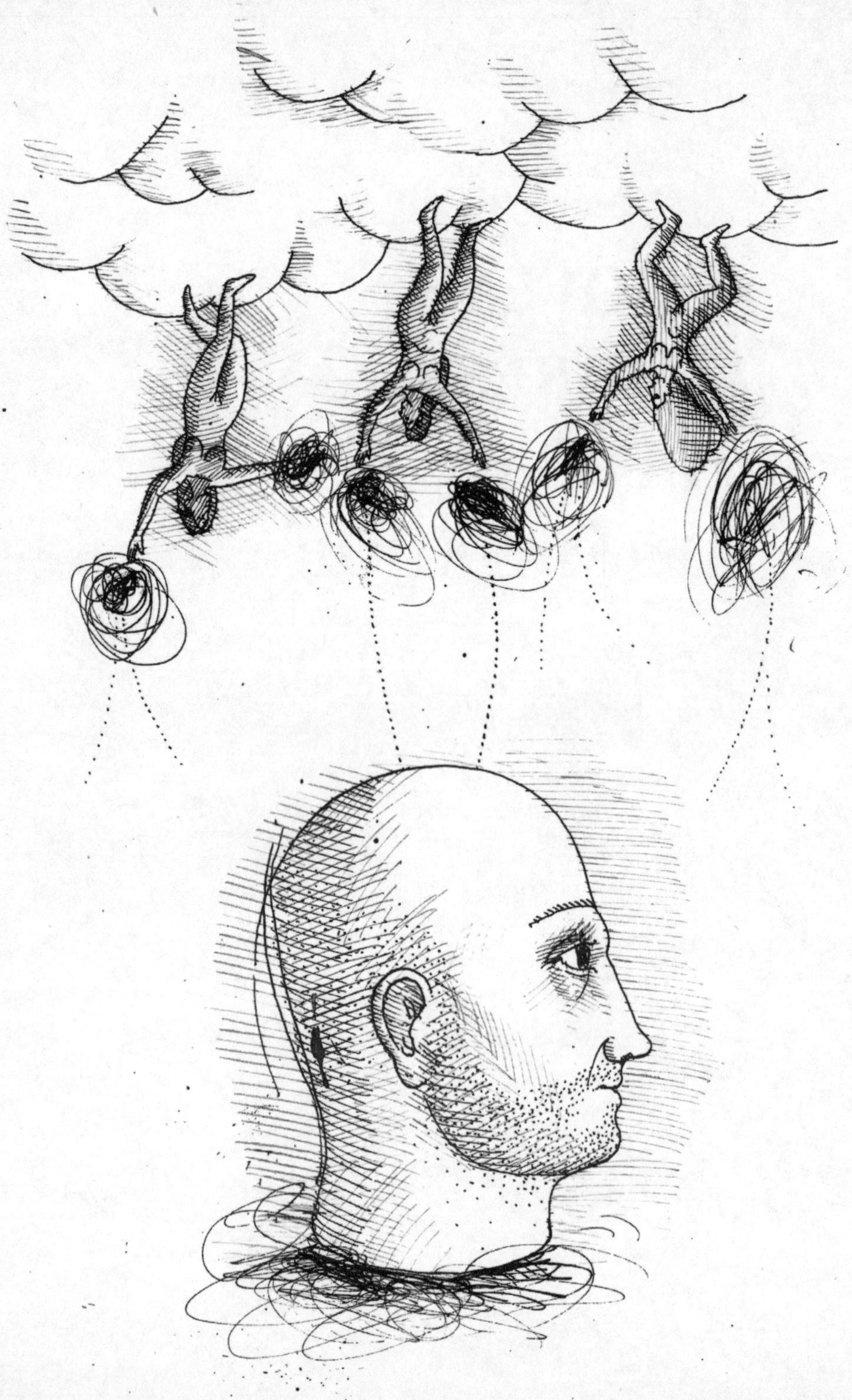

# CHOVEM AMORES NA RUA DO MATADOR

# I
## Apresentação de Baltazar

Apresento-me: o meu nome é Baltazar Fortuna. Tenho quarenta e nove anos, mas não mereço. A idade que me calhava bem era trinta e três. Sim, trinta e três. Trinta meus e três das três mulheres com quem vivi. Na verdade, elas viveram mais do que eu. Elas, digamos, viveram contra mim.

As malditas mulheres sugaram-me o tempo, dei--lhes anos e elas devolveram-me enganos. Os amores meus, os amores que não chegaram nunca a ser meus, os amores delas que eu nunca conheci.

Me perdoem se misturo ideias e pensamentos, mas é que ando tomado por raivas antigas. A gente sempre quer viver agora e morrer mais tarde. Eu queria morrer só quando já não houvesse um resto de vida dentro de mim. Mas o que estou a ver é o contrário: quanto mais vou caminhando para velho, mais vida encontro dentro de mim. E isso, meus amigos, isso podia ser bom, mas não é: pois a vida que teima dentro de mim não a chego a sentir como minha... A culpa foram as mulheres, amores antigos... Por que foi que eu, alguma vez, me abandonei a essas fraquezas...? Amar, amar, amar... A carne é fraca, e o coração é feito de fraquezas. Coração é um nome masculino, mas no feminino: a coraçoa.

Coração ou coraçoa, a verdade é que o órgão deu cabo de mim.

Porque vos digo uma coisa: não são os países que estão malgovernados. A existência humana toda ela está malgovernada. Devia haver uma repartição em que pudéssemos pedir uma segunda via da nossa vida. Reclamávamos e ganhávamos direito à emissão de uma segunda via. Era isso ou podermos ter asas e voar. Alguém já viu passarinho envelhecer? Se voássemos, haveríamos sempre de ser crianças. No céu, o tempo não passa, é uma nuvem. Era onde queria estar, numa nuvem. Às vezes, me apetece tanto ser uma nuvem.

Mas não há voo, nem nuvem, nem segunda vida, nem o raio que parta.

Falei tudo isto, todo atabalhoado, porque quero explicar a vocês por que estou aqui em Xigovia, neste lugar tão cheio de lembranças. E até me treme a voz quando, por fim, confesso a razão da minha presença: venho aqui para matar. É verdade, estou aqui para matar. Matar, sim. Matar. À vossa frente, irei matar. A palavra ainda me dá medo. Mas a gente, às vezes, tem mais medo das palavras do que dos atos. Nunca matei, nunca pisei bicho de sangue. Mas eu estou a envelhecer e vejo em cada novo dia uma hipótese de ser meu último. Antigamente, eu me portava bem, com medo de ir para o Inferno. Mas agora sei: não tenho de ter medo. Eu já estou a viver no Inferno. Mais Inferno do que isto não há.

    Existem criminosos que se confessam depois do crime. Eu confesso antes. O motivo que me faz matar são as memórias. Os meus amigos dizem: recordar é viver. Pode ser verdade com eles, mas comigo é o contrário. São as lembranças que não me deixam viver. Por isso, eu as quero varrer, mas varrer tudo junto: a lembrança das pessoas e as próprias pessoas de quem me lembro.

    É por isso que regresso a Xigovia, com intenção de cobras e lagartos. Venho cobrar umas contas, venho apagar uns amores que me pesam. Ou mais direto: venho matar, venho matar as mulheres que amei. Três mulheres. Três foi a conta que Deus fez. Pois é a conta que eu vou desfazer. As gajas não vão ficar por aí a rir enquanto não tenho ninguém com quem dividir a noite. E quando, por acaso de felicidade, me deito com uma gaja, em vez de dividir o corpo, eu multiplico é o escuro, cada noite uma insônia pegada.

    Mulher é perigosa, desde Eva que circula em contramão. Felizmente, e dou graças ao Criador, a Mulher aprendeu a ter medo dela própria. Agora, o problema é que andam a ensinar a Mulher a deixar de ter medo. E é aí, meus amigos, é aí que vai ser o fim do mundo. Falo a sério. O meu velho pai sempre dizia que o mundo acabou mesmo antes do fim do mundo, mas ele, coitado, foi poupado desta desgraça de as mulheres andarem por aí a meter-se em tudo o que é assunto.

Não quero corrigir o mundo, mas, pelo menos, emendo a minha vida. Morro com a cabeça erguida; aliás, com tudo erguido. É por isso que venho dar cabo dessas três fulaninhas, uma por uma. As tipas vão pagar por todas as restantes mulheres deste mundo. Eram espertas, pois vão partilhar esperteza com as minhocas.

## II
## Mariana, a primeira justiçada

Onde está? Onde diabo meti a lista? Ah, está aqui a lista, a lista oficial das nomeadas para a categoria de falecidas.

E a primeira vencedora é: Mariana Chubichuba. Começo por esta infeliz contemplada, a nossa Mariana, a primeira que vou passar a limpo. Começo por ela porque é a mais fulana de todas. Ah, Mariana, Mariana, sempre foste a primeira. Agora, serás a primeiríssima.

Aqui entre nós, vos digo, a cabra foi a primeira a fazer sabem o quê? A trair-me. A trair-me, ainda por cima com outro. Pois vai sofrer como me fez sofrer com esse maljeitado, esse marreco da barriga, esse pernilento. Já sei: todos dizem que não se deve fazer pouco de um aleijado. Mas desse gajo hei de fazer não é pouco. É nada. Esse tipo não tinha apenas uma perna mais curta: tinha as duas pernas mais curtas, tinha tudo mais curto. Tudo curtinho, aquilo nem chegava a ter tamanho, nem dimensão.

Quem teve tamanho, e tamanho grande, foi a minha humilhação. Agora vou vingar essas velhas mágoas... Essa Mariana vai ver o que é ter o coração partido. E pior: Mariana tem de sofrer por antecipação.

Vou ligar-lhe por telefone a anunciar as medidas de retaliação.

E vai ser agora.

Atende lá ao celular, querida, enquanto ainda pode. Alô? Mariana? Aqui é o... Espera lá, não me reconheces a voz? Não? Aqui é o... Não acredito, é o Bal... Ah, viste como me reconheceste?! Pois, sou eu, atual e completo. Tou porreiro, e tu, como estás? Continuas com esse lambiscoiso do... Ah? O quê? Morreu? Não me digas! Mas morreu como? Então, olha... O que é isso, estás a chorar? Mariana, Mariana... Pelo amor de Deus...

Estou tramado, esta gaja está-me para aqui em prantos. Daqui a nada sou eu que estou a chorar... Em lágrimas pelo sacana que me pôs um par de cornos...

Vá lá, Mariana, não chores, pelo amor de Deus não chores. A vida é assim, mais cedo ou mais tarde... Espera. O quê? O que estás a dizer? Não, isso nunca. Suicidar? Nem penses nisso, Mariana. Isso não, por favor... Olha, escuta uma coisa. Escuta bem, ainda não te vi, mas com toda a certeza que, assim viuvinha, ainda ficas mais nova e mais bonita. Disparate? Tenho a máxima certeza de que estás lindíssima, é só secar as lágrimas e dar uma luzinha a esse belo rosto... Mariana, falo verdade, a mim me excitam as viúvas, a viuvez só acrescenta graça na mulher, é uma espécie de segunda virgindade... Estou-te a dizer... Como estou?

Coitadinha, assim destroçada e ainda quer saber de mim.

Bem, não sei, tenho umas dores no peito, mas não me posso queixar, ao menos ainda tenho peito... Cof--cof... O que venho fazer a Xigovia? Venho... Venho matar. Bom, matar... matar saudades. Se tive saudades tuas? Bom, saudade não é coisa para macho como eu. O quê? Fala, não ouvi... Esperar um pouco? Claro que espero.

Já viram esta merda? Eu venho aqui para matar esta tipa e quem morreu foi o sacana do marido e agora sou eu que estou aqui a pagar créditos. E já estou por aqui a queixar-me das minhas dores, elas adoram ficar nesse papel de mãezinhas. Isto não está a ir por um bom caminho, isto tem de acabar o mais rápido possível. Pensando bem, é melhor que o chichudinho dela tenha batido as botas, assim ganho coragem e quando ela vier ter comigo confesso logo os motivos da minha visita. Falo assim: "Cara Mariana, o motivo da minha chegada é a tua partida deste mundo". É isso que vou falar e tem de ser logo, logo, porque já estava por aqui a amolecer com lágrimas e temperos de vozinhas doces, grande cabra que me traiu com esse caneco todo brilhoso, ganhei uma testa excedentária que andei meses à sombra, sem viver, só não me matei porque andava distraído, grande puta já vais ver, fiquei com duas saliências na testa, mas tu vais ficar com dois buracos no alto do crânio...

Tá? Sim, estou aqui.
    É ela, é ela outra vez ao telefone. Agora, calma, Baltazar, não te deixes enrolar.
    Olha Mariana, o assunto é sério, eu... Deixa-me falar. Mariana... Como? Queres que eu suba? Espera lá: o subir é para quê? Para te acompanhar? Mas onde? Ao cemitério? Espera, é que tenho um buraco... Um buraco no sapato. E faz-me coxear, não quero que me vejas a coxear, pareço o... pareço um coxo. Mas pronto, posso andar. Pensando bem, faço um sacrifício e se calhar até te levo para o cemitério. Mas desculpa a curiosidade: ir ao cemitério fazer o quê? Acompanhar-lhe, sim, fale, estou a escutar...
    Quer companhia para ir pôr flores no cemitério... Será que vou? Se calhar, vou. Só para o cabrão do falecido pernalhudo nos ver outra vez juntos, eu e Mariana, de braço dado, quem sabe o gajo se roa de ciúmes lá desse outro lado, onde não chove. Eu acho que vou... E, quem sabe, o melhor sítio para a matar é no cemitério, a tipa já fica mortinha no lugar devido, é só empurrar para a cova e ela cai semeadinha...

(*Um objeto volumoso tomba do prédio e quase cai em cima de Baltazar, que, assustado, rodeia o pacote, em curiosa inspecção.*)

Eh pá, o que é isto? A puta queria me matar! O que é isto? Roupa, um terno, camisa, sapatos. Espera lá, que brincadeira... Mariana, que brincadeira é esta? Que roupa é esta? O quê? Era o meu terno. O terno da nossa cerimônia? Não diga... Você guardou tudo isso até agora. Não acredito.

    Ela diz que não há noite que não visite o guarda-roupa, não há noite que ela não cheire a minha roupa. Dá para acreditar?

    Desculpe, Mariana, tem de repetir, que eu não escutei bem...

    Ela ainda se lembra da primeira noite... Diz que nunca houve mais nenhuma noite assim, nunca mais... Vocês viram? Não dá, não dá para aguentar. Eu não posso...

    Está, Mariana? Afinal, eu não posso ir consigo ao cemitério. Não, não posso, tenho uma coisa urgente para fazer, depois volto. O quê? Não, nesta noite, não, não será nesta noite, volto depois, amanhã, não sei, outro dia...

# III

## A fala de Mariana Chubichuba

Meu nome é Mariana Chubichuba. "Tem muito mar no teu nome", era o que meu falecido marido, Armelindo Perna Cardante, vivia repetindo. Dizia, rindo: "Só quero a alegria de morrer nesse mar". Morreu como queria, numa noite de loucos namoros, eu me transmudando em águas, e ele se afogando em mim. Mar é mãe, viemos todos do mar, havemos de voltar ao mar. Nós, as mulheres, sabemos disso melhor do que os homens. Grávidas, geramos no ventre um pequeno oceano oculto, e nesse mar é que cresce o fruto bendito. Eu, sou sincera!, teria preferido que o meu doce Armelindo soubesse nadar. Armelindo: meu ar, meu mel, meu lindo. Meu perna torta também, e então? Com sua perna torta, andava mais direito do que muitos homens. E como dançava! Tem homens que, se pudessem, entortariam a perna para conseguirem dançar como ele. Esse que me inaugurou, por exemplo, Baltazar Fortuna. Minha avó, a velha Serena Bentinha, costumava dizer que o nome dá o ser. Acreditei no nome dele, Fortuna, e afinal saiu-me a pobreza. Erro meu. Então ele me reapareceu, aqui em Xigovia, estando já eu bastante viúva – o próprio Balta Azar, como lhe chamavam os amigos. E ainda me diz, com falinhas mansas, mansinhas falansas, que viuvez é uma espécie de segunda virgindade. Estava a querer me inaugurar de novo, cortar a fita e cantar o hino, o canalha. Vieram-me aos olhos lágrimas de raiva. Lembrei-me de quando ele me deixou num desvão de escadas, nas mãos de uma velha abortadeira cega a quem chamavam Madre Puríssima e que acho que foi realmente madre antes de se apaixonar por um padre e se desgraçar e, depois, se tornar abortadeira. Voltei para casa sozinha, mas nessa noite passei muito mal. Sangue, sangue. Vi a morte abrindo as suas negras asas sobre mim. Quem me salvou foi um meu vizinho, Arlindo Perna Cardante, enfermeiro, que ouviu meus gemidos, me prestou socorro e me levou ao hospital.

Arlindo era caneco – goês de Anjuna. Não sei onde fica Anjuna nem sei bem onde fica Goa, mas imagino um jardim verde cheio de anjos. Arlindo era quase um anjo, excepto na cama, em que se transformava num verdadeiro diabo. Esse é o homem ideal, anjo da cintura para cima e diabo da cintura para baixo.

Por causa daquele aborto, nunca mais meu corpo aceitou semente de homem. Só para Armelindo eu era ainda o mar. Agora que ele morreu eu sequei. Não há pior destino para uma mulher. Então me veio uma raiva, peguei o que tinha à mão, uma trouxa com roupa do Baltazar, que eu tinha guardado para queimar, azar, má fortuna, amor cadente, e joguei pela janela, mas infelizmente não acertei nele. Caiu ao lado. Me ocorreu então convidá-lo a visitar o cemitério onde está dormindo Perna Torta. Queria matá-lo ali, quem sabe a presença de meu marido me daria força. Escolhi uma faca afiada e escondi-a na bolsa. Achei que no cemitério ganharia coragem. E depois seria só empurrá-lo para uma cova. Cova é o invés de um ovo: um se guarda para a vida, a outra se abre para a morte. Ninguém daria por nada. Na manhã seguinte, quando o encontrassem, iam pensar que era algum morto em fuga, que os há tantos por aqui, e enterrá-lo-iam convenientemente, talvez com uma âncora presa aos pés, como se faz aos velhos marinheiros, para impedir que voltasse a escapar.

Mas então Baltazar recuou... Que não podia ir comigo, que afinal tinha um afazer urgente, logo ele, que nunca teve afazeres, só desfazeres, e marcou para outro dia – para dia nenhum. Suponho que suspeitou das minhas intenções, acovardou-se e fugiu. Ah, mas sei que volta. Os homens são como os louva-a-deus machos, a gente pode até mostrar a faca com que os iremos matar, mas, se lhes mostrarmos ao mesmo tempo um pouco da perna, uma pontinha do seio, eles vêm logo. Vêm sempre, mesmo sabendo do fim que os espera. Sexo para os homens é o fim; para nós, mulheres, é apenas o princípio.

Entretanto, vou afiando a faca.

# IV

## Judite, a segunda sentenciada

Não matei Mariana, não correu bem. Desta vez, porém, não falho. Para esta nova mulher guardo ódios bem temperados. Judite Malimali. Grande estupor. Linda, mas com manias de esperteza. Demasiadas manias. Na primeira vez que a vi, eu disse logo: "Essa mulher é uma escorpiona". Os braços dela apertam, mas o veneno está é no rabo dela. A gente é mortalmente mordido quando pincela os olhos nas curvas dela. Com essa mulher eu já cumpri serviço de homem. Agora, cumpro serviço desumano.

Vou dizer uma coisa: quanto mais grave o assunto, mais me dá vontade de rir. Mas rir, agora? Para descongelar, vou contar uma anedota. Um gajo chegou ao barbeiro e disse: "Descobri por que as mulheres usam sutiã...".

Esta não, esta não tem graça nenhuma. Mariana nunca ria das minhas piadas, não achava piada às anedotas. Ela dizia que nós, homens, só sabemos rir das coisas parvas, precisamos de anedotas para ter razões para ficarmos contentes. Elas, mulheres não ficam contentes: ficam felizes. E não precisam de razões para serem felizes. Disparate, grande disparate. Agora é que se vai ver quem ri por último...

E vocês me perguntam: por que motivo me apresento assim, tão macho e tão nervoso? Não é por medo dos meus atos. É por causa deste lugar. Eu vos digo, esta vila de Xigovia me dá medo. As minhas namoradas todas vivem aqui, nasceram todas aqui nestas ruelas tortas, cheias de fantasmas. Os meus anjos da guarda moram longe daqui. Mesmo que eu grite, nenhum deles me virá acudir. E até confesso o seguinte: esta porcaria desta vila já se parece com elas. É verdade, Xigovia tem a mesma cara dessas tipas. É como se elas tivessem todas um único rosto, uma única voz. É como se elas tivessem ficado todas parecidas umas com as outras no momento que eu as abandonei. E quando quero lembrar-me delas não surge rosto nenhum. Aparece-me, em vez disso, a imagem da porcaria desta vila.

É por isso que tenho também de matar este lugar. Matar uma pessoa é fácil, mas matar um lugar é um empreedimento. Que posso fazer: contratar um matador de paisagens? Telefonar aos americanos e dizer que isto está cheio de fundamentalistas? Que aqui estão escondidas armas de destruição massiva? E até é verdade, porque é isso que são essas mulheres: destruíram-me muito massivamente. Não sei, não sei, a vida não está fácil para um pobre vingador.

Ah, antes que me esqueça, quero mostrar uma coisa para que vocês vejam se alguém pode confiar num lugar como este. Aqui está, a tabuleta da rua. Esta rua é muito engraçada. É uma rua, digamos, uma rua puta. Muito puta, putíssima, mesmo. Porque ela vai ganhando nome conforme as conveniências. Recordo-me do coronel português, de lágrimas nos olhos, comovido porque, na despedida, os habitantes deram o nome dele à rua. Pobre coronel, ele ainda não tinha entrado no avião e já tinham retirado a placa e pintado outro nome. E era assim, tantos nomes quantos os visitantes a impressionar. A ver se os cabrões pintam agora o meu nome: Baltazar Fortuna. Lindo nome para uma rua: Baltazar Fortuna!

Eu serei o descriador deste lugar; quando acabar minha missão, não ficará pedra sobre pedra, isto vai ser Bagdá. Operação: raposa vingadora. Melhor: operação "memória no deserto"!

Judite! Vem à varanda, Judite. Faz de conta que não ouve, ela sempre demorou a escutar, só para adiar a obediência. Judite, sou eu, o Baltazar, teu marido, quer dizer, teu ex... Teu bastante-ex-marido. Exíssimo marido. Sou eu, o Zazarinho... Pronto, lá disse a merda do nome. Zazarinho. Que vergonha este nominho, Zazarinho, nunca o pronunciei em frente de ninguém, parece nome de maricão, nem sei como autorizei que ela me chamasse assim.

Judite, sou eu, o... Zazarinho, não fale alto, que ainda ouvem. Ah, ela ali está! Judite Malimali, a escorpiona. Afinal, estás a ver quem sou... Diz? Não te vim visitar, vim matar-te. Matar-te. Não percebes? Ma-tar-te. Substantivo "matar", tracinho, pronome reflexivo "te". O quê? Não é tracinho, diz-se hífen? Estão a ver, eu não falei das manias? A tipa continua bonita, mas deve estar ainda mais parva. O quê? Não ouvi, repete... Agora diz que não a posso matar porque já a tinha matado havia muito tempo. Olha, Judite, não venhas com palavreados, sempre tiveste a mania de ser esperta, como se fosse possível uma mulher enganar a mim, Baltazar Fortuna, eu que já dei nome a ruas e avenidas... O quê? Já há muito que te tirei a vida? Judite, espera, não vás, vem outra vez à janela, quero falar contigo, ouvidos nos ouvidos, Judite...

    Pediu-me para ir embora, pediu-me pelo amor de Deus. Mas qual amor de Deus, qual amor do Diabo. Não sou um homem de Deus, nem filho dele, nem enteado. Não cumpro os doze mandamentos... Não matarás, não não-sei-quê...

    Ah, são dez?! Lá está ela a emendar-me... Percebi, dez mandamentos. Sejam quantos forem, não cumpro nenhum. Deus me esqueceu, já não conto com ele para ser perdoado. Perdoo-me a mim mesmo, está certo?

    Vais buscar o quê? Judite... Bom, ela voltou a entrar, disse que ia buscar uma coisa, não percebi o quê. Se calhar é um compêndio desses que ela estudou só para humilhar-me. A gaja tinha a mania de ser escritora. Escrevia versos. Até guardo um poema dela para lhe esfregar nas trombas. Esperem, que vou ler, onde está, ah, está aqui. Pois, apreciem bem.

> Tiro a alma do silêncio
> e estendo-a no fio a secar
> faço conta que é roupa
> roupa esquecida a secar
>
> E tu olhas esse tecido
> sem veres fora de mim
> o que, dentro de mim,
> não foi para ti senão vazio.
>
> Sempre falaste por mim
> Sempre viveste por mim
>
> Grande mentira... como é que alguém pode viver por outro?
>
> Sempre falaste por mim
> sempre viveste por mim
> mas o que eu não disse
> não coube nunca no silêncio
> e é por isso que temes que eu fale
> e tens mais medo ainda quando me calo

Vejam que coisa mais sem sentido, só queixas, é para isso que serve a poesia, para somar queixinhas, isto é coisa para mulherigo, Deus me livre, desperdiçar caligrafia nestas mariquices, só ler poesia já deve contaminar as hormonas. Nem sei por que foi que guardei esta papelada. Deve ser para rasgar agora no focinho dela.

Ai, Judite, Judite. Eu sei o que tu dizes: que tenho medo dos sentimentos. Gostavas de passarinhos e das canções das avezinhas. Eu odeio tudo isso: canto do pássaro é só para nos lembrar que a nossa fala é pouca e que nem Deus, nosso semelhante, já nos consegue escutar. Tu lembras, Judite, tu querias animais de estimação. Eu queria um aquário, mas um aquário ao inverso: o vidro vivo e os peixes inanimados dentro. Para bicho basto eu, bravio me quero, fatigado de ser gente. Deus que me perdoe, mas eu não perdoo a Deus. Por que nos fez vivos e nos deu a morte por destino?

Estás a ver, Judite, estás admirada? É que eu também sei pensar bonito, dizer as coisas com suas cores e os cheiros coloridos. Gostas de leituras, pois eu vou te dar um escrito, letras abertas na pedra, um verso na lápide: aqui jaz uma que amou para além da morte e que morreu por pouco amor. Amor e morte, quase rimam, palavras tão priminhas...

Ah, Judite, já estás aí outra vez! Olha, eu vou ter de te dizer uma coisa, uma coisa muito séria, e não tenho tempo... O quê? Fostes buscar uns papéis? Lá estás tu a interromper... Agora já não quero saber de papéis nem tu vais querer saber de mais papéis nunca mais. Como? Deixa-me falar, Judite... Eu ouvi, os papéis, que merda de papéis são esses? Como? Os meus versos? Os meus versos... Mas eu fiz versos alguma vez?

Ela está maluca, eu a fazer versos...

Sim, fala. Essa capa, sim, lembro, essa capa... Não me digas... É verdade... Não, não leias, eu já me estou a lembrar. Por amor de Deus, não leias nada. Eu lembro-me, lembro-me dos versos que te fiz, logo no princípio... Tu até disseste que eu tinha copiado do Roberto Carlos... E tu ainda tens esses poemas? Judite, tu guardaste isso até agora? Não posso acreditar... Queres ler? É melhor não, ainda vão ouvir... Então, está bem, lê lá, mas lê baixinho...

# V
## A fala de Judite Malimali

Eu, Judite Malimali. Jornalista e poetisa. Nascida nesta vila de Xigovia num dia de chuva, que naquela época eram quase todos os dias. Acho até que as pessoas nasciam da chuva, cada pingo uma pessoa. Também acho que nasciam mais mulheres do que homens. Lembro-me de ouvir o meu avô a gritar: "Estão a chover mulheres". E de fato deviam chover, porque ele teve ao menos umas trinta. O meu pai, Matusalém Malimali, teve seis a viver sob o mesmo teto. Elas disputavam as partes dele: "As pernas são minhas", reivindicava uma. "Os olhos são meus", gritava a outra. Eu jurei a mim mesma, ainda muito nova, não me apaixonar por nenhum homem, porque preferia ficar para tia a ter a sétima parte de um marido ou um quinze avos de um marido. Depois cresci e um dia li Fernando Pessoa e foi uma revelação. Se podemos ser muitas pessoas, por que haveremos de ser apenas uma única? Jurei a mim mesma que seria as duas mulheres do meu marido, ou as quatro, ou mesmo as sete, as que ele quisesse – jurei que me desdobraria em heterônimos eróticos, cada noite uma mulher diferente, umas vezes negra, outras mulata ou ruiva, umas vezes sabendo a mel e outras a tamarindo, umas vezes ingênua e outras, louca e atrevida.

Foi nessa altura que conheci Baltazar Fortuna. Ele desceu lá da capital, como quem desce de um disco voador, num fulgor de luzes e falando inglês. Para nós tudo nele era inédito, das unhas brilhantes e tratadas, como as de uma mulher, ao elegante chapéu de seda. Parecia ser íntimo de toda a gente, políticos e poetas, empresários e atletas, pessoas que nós conhecíamos de aparecerem nos jornais. Eu dizia um nome de um escritor importante, e logo ele, com um sorriso de desdém. "Ah esse! Conheço bem. Gosta de beber, bebe mais do que respira. Além disso, cheira mal dos pés." Ou então: "Fulano? Ah, quem escreve os livros dele é a mulher!".

Até hoje não sei se me apaixonei por ele ou, através dele, pela cidade de onde vinha. Quero dizer: por essa proximidade com o Mundo, a liberdade de rir e falar alto, as opiniões definitivas, a má língua. Verdade que nunca me habituei muito àquilo das unhas. Li numa revista feminina que agora é o tempo dos homens cheios de não-me-toques. Esses que depilam o peito e as sobrancelhas e pintam as unhas. Pode ser. Mas nisso eu continuo a preferir os nossos homens, aqui de Xigovia, com calos nas mãos fortes e o peito áspero e rijo. Um homem sem pelos no peito parece-me um erro, quase uma obscenidade, como uma bananeira produzir bananas já sem casca.

Resumindo: em Baltazar apaixonei-me por aquilo que ele não era; a cidade de onde ele vinha, a capital do país. Na verdade – como descobri mais tarde, ou seja, tarde demais –, a própria capital não é exatamente uma capital. A capital é, como Baltazar, um camponês com unhas tratadas, chapéu de seda e a falar inglês.

Todavia, apaixonei-me. Apaixonada, escrevia-lhe poemas. Hoje releio esses pobres versos e não reconheço neles o Zazarinho que eu amava. Ele também não se reconhecia. Certa ocasião encontrou na minha carteira... Tinha a mania de me bisbilhotar as carteiras... Encontrou na minha carteira um caderninho com poemas que eu tinha escrito para ele. Ficou louco de ciúmes.

— Quem é este tipo?

Lembro que estávamos numa esplanada. Ele lia os meus pobres versos, dando grandes patadas na mesa, assustando os outros clientes:

— Dá-me teus lábios de sede/teus olhos de luz e aguardente.

Gritava:

— Quem é o tipo para quem escrevias essas ordinarices?! Eu mato o gajo. Olha que tenho licença de porte de arma. Dou um tiro neste gajo e depois mato-te a ti!

E eu, tentando acalmá-lo:

— Mas são para ti, amor, são versos que escrevi para ti!

E ele, gritando ainda mais alto – tinha uma bela voz o Baltazar:

— Olhos de água-ardente?! E eu tenho lá olhos de aguardente?! Olha que eu mato o gajo!

Infelizmente não matou. Aliás, Baltazar gostava muito de si próprio. Uma outra vez disse-me, comovido, com os olhos rasos de água, e acho que foi quase uma declaração de amor:

— Preferia morrer a ver-te viúva!

Depois, um belo dia, desapareceu, e eu soube que tinha voltado para a capital. Nos meses seguintes, escrevi muito. Longos poemas desesperados. Os desgostos de amor, já se sabe, favorecem a literatura.

E então, quando eu já o tinha esquecido, voltou.

Ouvi-o da rua a gritar o meu nome. Baltazar sempre gostou de gritar. Continuava a ter uma bela voz. Cheguei-me à varanda e lá estava ele, com o seu negro chapéu de seda e o rosto reluzente. Mas todo aquele brilho, que na altura me pareceu uma aura, como a que trazem os santos nos altares, eu percebia agora ser suor: Baltazar luzia não de sofisticação, e sim de gordura. Pura gordura.

— Não te vim visitar — gritou-me. — Vim matar-te. Matar-te. Não percebes? Ma-tar-te. Substantivo "matar", tracinho, pronome reflexivo "te".

Eu ri. Baltazar vinha então matar-me a golpes de má gramática. A arma do crime, senhor doutor juiz? Perífrases e sinédoques involuntárias. A ignorância das regras ou a natural propensão para o erro, mas isso não diminui o horror do crime. Disse-lhe que não tinha medo dele.

Baltazar enfureceu-se:

— Enfia-te na virgem, enfia-te, e vais ver onde vais parar...

Quem muito erra sempre acerta, e nem há acerto mais belo do que o que nasce do erro. Afinal foi errando que Fleming descobriu a penicilina. E foi também errando muito, e por largos dias e extensos mundos, através de mares nunca dantes navegados, que Pedro Álvares Cabral aportou em terras de Vera Cruz.

"O artista é um erro da natureza. Beethoven foi um erro perfeito." Isto roubei de um poeta brasileiro de nome Manoel de Barros...

O que quero dizer é que errando, errando muito, Baltazar acertou. Eu o troquei por uma virgem. Uma menina de vinte anos chamada Esplendorina. Não escrevo versos para ela. Não preciso. Esplendorina é o meu poema e eu enfio-me nela, pelos braços, pelas pernas dela, sem saber nunca onde vou parar, sem querer parar nunca, sem poder parar, porque tenho por ciência que, quando eu parar, o mundo para, hão de parar os planetas, hirtos de assombro, hão de as estrelas calar o seu canto na imensidão sem-fim do universo, e Deus, aterrorizado, sairá do seu torpor para ordenar um novo começo.

Então, não paro.

# VI

## A duplicação (primeira parte)

Não sei o que tenho. Não sei. É que, hoje, não estou com muita vontade de viver. Quem sabe me está a pesar esta merda desta visita a Xigovia, com todos esses falhanços?! Meu pai dizia: só quer se vingar quem não sabe amar. Meu pai, com o devido respeito, era um filho da mãe. Um verdadeiro filho de uma mãe falsa. Minha avó, do lado paterno, era uma avó com muitos lados. Deus me perdoe, mas aquilo era só lados. Quando morreu, o caixão ficou aberto, à espera de que o último homem viesse fechar a tampa. Não veio nunca o último homem, ela ficou assim, com a morte dela entreaberta. Quem sabe eu herdei esse triste destino de viver pouco e morrer por defeito? Mesmo agora, nem sei se falo do que está a passar, se falo do que sonhei que já se passou.

Desta vez, sonhei. Sonhei, gente, sonhei, não: pesadelei. Porque aquilo foi um alçapão no escuro, até me custa lembrar a porcaria do sonho. Mas quero contar, preciso contar para me descarregar deste peso. O sonho era assim... Ai, caráças, ainda me dá um arrepio de me lembrar... Eu vinha por essa rua puta, o sol já se tinha posto, e, de repente, escuta-se um tiro, e nem senti que era eu o alvejado, um buraco no meu peito, um buraco tão vazio que nem doía, eu quero segurar no meu peito e já não tenho peito; *céus, se não tenho peito, onde é que está a porcaria do coração?*, e enquanto procuro o meu corpo, as mulheres, as três mulheres da minha vida, juntam-se à minha volta e assistem ao meu desfecho, eu rastejando à procura do meu sangue, mas não havia sangue nenhum em nenhum lado, meu Deus, estou morrendo, mas sem morte e, aí, implorei, mulheres, mulherinhas, pelo amor de Deus, não me matem, eu sou Baltazar Fortuna, tenho quarenta e nove anos de idade e não vim aqui para matar ninguém... Quero dizer, inicialmente, num princípio muito inicial, mas muito inicial, eu até tinha intenção, mas... por favor, não me matem. E sabem o que elas diziam, no sonho, o que as gajas diziam? Diziam assim: nós não te precisamos matar, nós já te matamos dentro de nós. Há muito tempo que não vives na nossa vida. Disseram assim mesmo. Aquilo foi pior que morrer, foi pior ainda que falecer. Pelo amor de Deus, isso diz-se? Mesmo em sonho, isso diz-se? Porra para as gajas, que nem precisam de nos matar para que deixemos de existir...

Falo muito, falo alto, falo demais. Os pistoleiros não falam. O Clint Eastwood, o Rambo, esses gajos não falam. O filme nem precisa de som. Se eu ficasse calado, a minha vingança já estaria na segunda edição. Agora, era só... Olha, por falar nisso, sem que eu desse conta, cheguei: esta é a casa. Era aqui que morava a minha terceira vítima, Ermelinda Feitinha.

Ermelinda foi um caso sério, o nosso namoro nasceu como uma brincadeira, desses de "bate-e-foge", mas aquilo acabou como picadela de anzol. Entra na carne e não sai. Para tirar, é preciso rasgar o corpo, dilacerar a alma. Ermelinda, mulher pequeninha, ela tinha de erguer os olhos assim para cima, faz conta um passarito frente ao céu... Como é que uma mulherita daquele tamanhito pode encher tanto a vida de um homem?

# VII

## A fala das Ermelindas

Boa noite, eu sou Ermelinda Feitinha, a mãe...

... E eu sou Ermelinda Feitinha, a filha...

... Esta minha filha! Na noite em que a dei à luz, sonhei que me via a mim mesma saindo de dentro dela... Agora muitas vezes me ocorre isto, mesmo de olhos abertos, que é ela a minha mãe, e eu, na verdade, sua filha.

... Depois que envelheceu, a mamã começou com essa maluquice de que foi nascida de mim, de que sou eu a mãe dela e não o contrário. Se lhe digo que tome juízo irrita-se, então faço de conta que sim...

... Uma curandeira me disse: "O espírito de sua mãe encarnou em Ermelinda". Só então compreendi aquele sonho. Essa curandeira era uma mulher muitíssimo sábia. Ela me disse também que o espírito de meu pai empeixou numa garoupa. Desde então nunca mais comi garoupa...

... Tenha juízo, mãe...!

... O problema dos jovens hoje é não acreditarem nos sonhos. Se os sonhos não têm serventia, então por que dormimos oito horas por dia, trinta anos em noventa de vida? E por que sonhamos tanto?

... Eu não gosto de sonhar, porque os sonhos são ainda mais imprevisíveis do que a vida...

... É o contrário, os sonhos são mapas que nos ajudam a orientar na vida. Aqueles que não sabem ler os sonhos, esses, sim, estão perdidos...

Não sonhaste com o meu pai, tu?

**Sonhei que me perdia no mato. Escurecia, estava assustada. Então vi uma árvore com belas flores amarelas e aproximei-me. A árvore era enorme, larga como um embondeiro, e tinha um buraco, uma espécie de pequena porta. Eu entrei, achei que fosse um bom abrigo. Estava cansada, sentei-me e adormeci. Quando acordei, continuava dentro da árvore, mas já não havia buraco algum. A árvore tinha se fechado, e eu estava prisioneira. Só mais tarde percebi que aquela árvore era ele, o Baltazar Fortuna...**

... Pouca sorte...!

**Não fale assim, Ermelinda! Não gosto que fale assim! Afinal ele me deu uma filha, tu, minha filha! E ao mesmo tempo devolveu-me a ti: minha mãe!**

Talvez tu já te tenhas esquecido, mamã, mas eu me lembro bem do mal que o pai te fez. Ele te prendeu em casa. Não te deixava sair. Queria a tua beleza inteira só para ele, era como guardar o pôr do sol numa gaiola. Tinha ciúmes até dos espelhos...

... Disso eu me lembro. Baltazar não gostava de espelhos.

Hmmm! Ele achava que podia estar alguém do outro lado, olhando para ti. Quebrou os espelhos todos que havia em casa. Lembro-me dele dançando descalço em cima dos cacos, o chão cheio de sangue, e ele dançando.

... Você se lembra disso?! Você era muito nova nessa época, filha...!

Também me lembro de quando ele voltou doente lá da África do Sul. Vinha magro como um caniço. Parecia ter perdido toda a substância, acho até que caminhava sem deixar pegada na areia, e devagarinho, tipo camaleão. Apesar disso, na cama, sempre em prontidão combativa. Eu, no meu quarto, ouvia ele querendo namorar contigo.

... Filha, não me envergonhes...!

Tu dizendo a ele para usar camisinha, e o Baltazar que não, que ele era um homem africano, homem com H grande, aliás com tudo grande, porque ser homem africano é a maneira mais máscula, mais desmedida, de se ser um homem. Ah, e que as camisinhas dos brancos não têm em conta as realidades locais, as idiossincrasias culturais, sobretudo as morfológicas. Parece que ainda o ouço aos gritos: "A mim, Baltazar Fortuna, ninguém me encamisa!". E foi assim que também tu adoeceste...

... Ele era o meu marido, ia fazer o quê...?!
Depois Baltazar foi ficando cada vez mais magro, mais levinho. Às tantas era já mais ânsia que substância. Só se mantinha vivo por puro rancor.
**Morreu? Nem lembro mais...**
Acho que sim. No outro dia apareceu aqui, bateu à porta. Abri e nem me reconheceu. Então o meu coração se apertou, veio-me uma pena dele, de o ver assim, tão fantasma e tão sozinho, e disse-lhe que entrasse e sentei-o ali, naquele sofá. Disse-lhe que a rua agora tem o nome dele, e o infeliz acreditou. Era a maior ambição do papá, não era? Que dessem o nome dele a uma rua...

... **Teu pai tinha essa mania. Quando tu nasceste, queria que tu te chamasses Avenida Vinte e Cinco de Setembro! Eu ainda disse "fica então Setembrina", mas ele não aceitou. Que não, que não, que tinha de ser Avenida Vinte e Cinco de Setembro. Baltazar dizia que, mais tarde, quando tu morresses, as pessoas iam achar que a essa avenida, lá em Maputo, lhe tinham dado o teu nome. Pode ser...**

# VIII

# A duplicação (segunda parte)

Pois bem, eu vos conto nem sei se o que sucedeu, se o que sonhei, que eu agora já não sei da fronteira que separa as falas. Eu cheguei, bati a esta porta, nem imaginam o que sucedeu. Em vez de Ermelinda, surgiu uma moça jovem, bela, tão bela que até me arrepiou a coluna espinhosa. Quem era? Era a filha de Ermelinda. A filha dela! Filha como quem diz. Porque aquilo não era filha de ninguém, aquilo era uma mulher que nasceu fora deste mundo, era uma importação directa do paraíso. Os lábios, os lábios eram olhos, os olhos eram lábios, era uma beleza tanta que tudo nela se desarrumava e o meu coração já não batia. Era uma outra coisa que batia no meu peito. Ela notou esse meu encantamento, a tipa, malandra, ficou encostadinha na porta, a porta meio aberta, a minha boca toda aberta, o decote dela meio aberto... Vou-vos dizer uma coisa, uma mulher que abre uma porta, eu acho uma coisa muito provocadora, mesmo que seja só uma entreabertura aquilo é já um consentimento, um convite, e o braço dessa moça, para mim, naquele momento, era já um gesto de abrir não a casa, mas os lençóis da cama, ai, meu Deus, eu até já transpiro suores, só de me lembrar.

Pois, naquela altura, eu me esqueci de tudo, da minha missão de matador, de que ia ali procurar Ermelinda Feitinha, esqueci tudo, e o que me saiu da boca foi o seguinte, assim:

— Tens uns olhos muitíssimo lindíssimos...

— Já me disseram...

— Mas digo isso muito gramaticalmente, "olhos lindos" no aumentativo máximo, o aumentativo mais que perfeito.

Ela riu-se, e aí... caraças... eu me derreti. Havia uma voz dentro de mim que me alertava: "Baltazar, não te esqueças do que te chamou aqui, não comeces outra vez a maniar".

Mas a voz já vinha tarde. E a moça cresceu de existência, preencheu-me as vinte e cinco linhas... E ela me perguntava coisas, a voz dela era o resvalar de serpentes, eu sei, foi assim que Eva se estreou mais suas maliciosas artes... Enfim, eu estava tão embriagado nas falas da miúda que, de repente, a fala dela me sacudiu.

— Eu acho que o senhor está completamente enganado...

Enganado? Sim, ela tinha acertado em cheio. Enganado, estou eu desde que nasci. Enganei-me de vida, enganei-me de corpo, enganei-me de destino. Enganei-me, principalmente, de mulheres.

— O senhor está enganado, procura certamente outra Ermelinda, não, este não é o endereço que referiu, essa Ermelinda deve ser outra rua...

— Outra rua?

— Porque esta rua — disse ela —, esta rua chama-se rua Baltazar Fortuna.

Ai, meus amigos, o meu coração disparou, eu tropecei na minha própria pulsação cardíaca.

— Desculpa, minha jovem, como disse que a rua se chamava?

— Baltazar Fortuna — disse ela, ajeitando o decote onde os meus olhos teimavam em se espetar.

Ri-me, condescendente:

— Mais uma vez, desculpe, minha querida, mas esse nome não pode ser, porque eu é que sou o Baltazar Fortuna...

Nesse momento, foi ela que se espantou.

— Impossível, caro senhor... Porque esse outro, esse tal Fortuna, foi quem me apareceu há muito tempo... Ele esteve aqui, exatamente onde você está agora...

— E o que veio fazer?

— Era um tipo estranho. Veio falar com minha mãe, depois de ter falado com a dona Judite e a dona Mariana, que moram mais abaixo. Pois esse Baltazar andou por aí batendo às portas, reclamando que vinha matar...

— E desculpe, minha querida, ele chegou a matar alguma delas?

— Não, foi o inverso.

— Como o inverso?

— Ele é que acabou morrendo. Olhe, morreu aqui mesmo, em nossa casa.

Engoli em seco, nem o ar me passava na garganta, de atrapalhado que me encontrava.

— A senhorinha estava presente quando se deu a tragédia?

Ela riu.

— Mas que tragédia, por amor de Deus, você é escritor, ou poeta? O tipo simplesmente patinou ali no sofá, ninguém chorou, ninguém perdeu tempo sequer em falar do assunto.

— Nem as mulheres?

— Que mulheres?

— Bom, a sua mãe, dona Ermelinda. Ou quem sabe, Mariana ou Judite...

— Nada, elas reagiram como se não fosse nada.

Eu já me vinha embora, todo derrubado, arrastando os pés como se raspasse no fundo da minha própria cova quando me lembrei de perguntar:

— Mas o nome da rua, por que ficou assim chamada esta rua?

— Ah, o nome? O nome foram essas três senhoras que pediram ao secretário do município para gravarem aquilo que elas chamaram de lembrança eterna.

— E por que fizeram isso?

— Sei lá. Ei, você parece tão triste, o que se passa? Venha cá, não quero ver o senhor tão cabisbaixito... Venha, entre aqui.

— Não sei se devo...

— Deve, pois, entre, sente-se neste sofá...

— Mas não foi neste sofá que...

— Vá, sente-se que eu me sento ao seu lado, parece que o senhor foi atacado por um frio, olha para isto, como estão geladas as suas mãos... Dê-me as suas mãos, isso, deixe-se ir, deixe-se afundar, vê como é bom a gente se abandonar, se afundar mais fundo que o fundo do mar...

# IX

## A fala das Ermelindas (segunda parte)

Ele se sentou no sofá, e eu lhe dei a mão e o fui ajudando a morrer de novo. Não sei quantas vezes terá de morrer para finalmente acreditar que está morto. É um morto muito rebelde, o teu Baltazar...
   **E nós, minha filha, estamos vivas?**
   Não sei, mamã. Antes essa pergunta me dava medo. Agora, não. Escuta lá fora. Está a chover.
   **Nós somos mulheres, somos como essa chuva.**
   E tanto que chove, mamã!

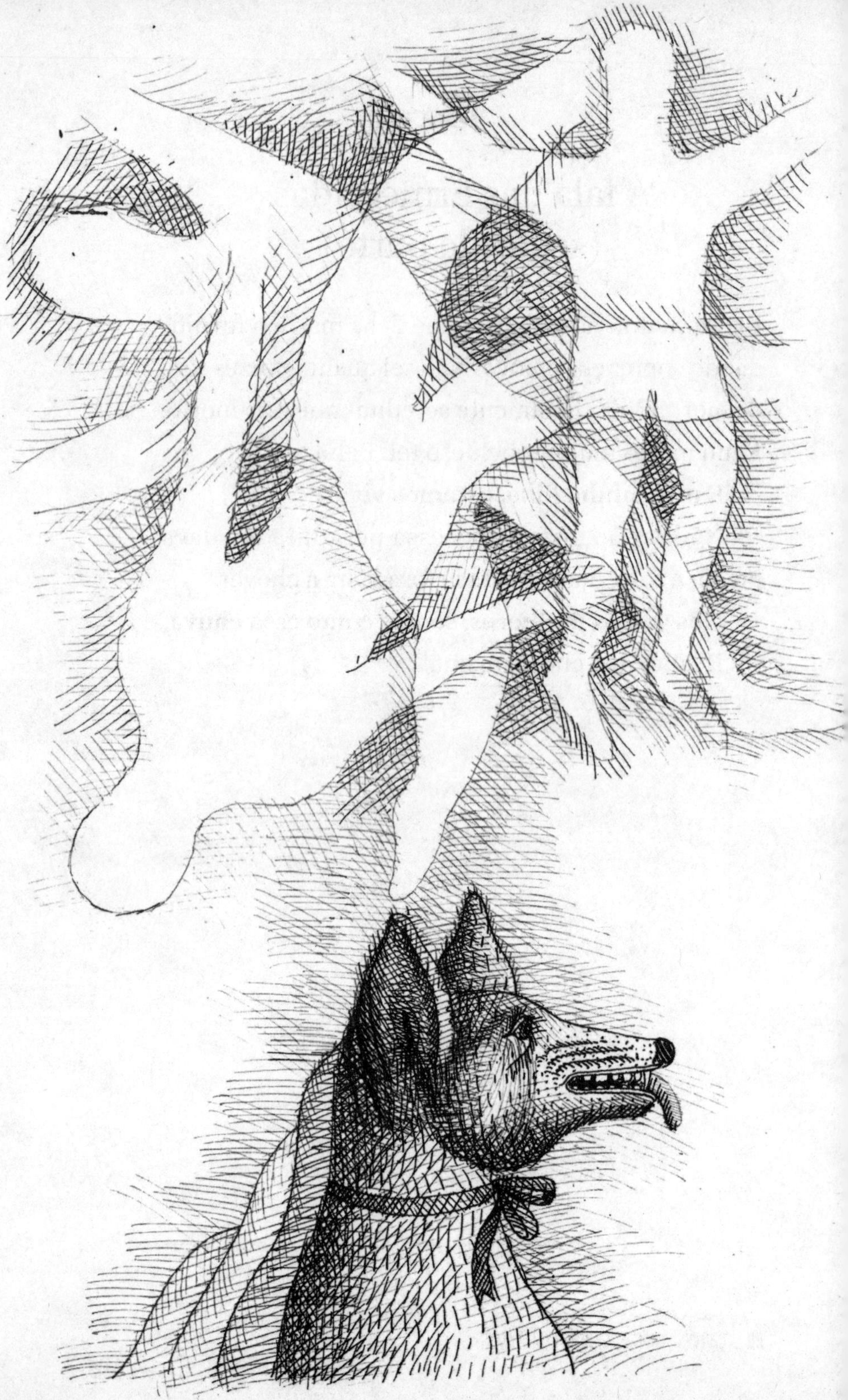

# A
# CAIXA
# PRETA

Na sala de visitas, três máscaras africanas, presas a uma das paredes, olham para o futuro – mas não há nada para ver. Os sofás são cansados e tristes, de uma melancolia conformada, como doentes terminais na cama de um hospital. Velha Luzinha está na cozinha a preparar uma sopa. Rodopia de um lado para o outro com uma faca na mão.

— Que horas serão? E Vitória, que não chega... Esta minha neta sempre a me dar dores de cabeça! Que horas serão? — Detém-se um instante junto a um velho relógio cuco. — Este relógio? Nunca funcionou. Foi a minha filha que o pendurou ali, ela sempre desprezou o tempo. Igual à Vitória, a minha neta. Ofereceu-me este relógio parado para me lembrar de que o tempo para ela parou no momento em que o marido... Enfim...

Um tiro, ao longe, desarruma a escuridão. Silêncio.

— Um tiro. Às vezes nem é preciso escutar o disparo. Sabe-se que alguém disparou por causa do silêncio que se instala a seguir. Um silêncio vazio, sem vida, sem morte, sem nada. Não sei por que, o mundo assim calado faz-me lembrar os pássaros. Lembro-me de quando era menina, na nossa velha casa, eu era uma maria-rapaz, trepava às árvores, jogava bola. Meu pai olhava para mim e dizia: olha a minha rapazita! A minha rapazita... Caçava pássaros, mas não os guardava em gaiolas, era na varanda do quarto que os prendia. Espalhava no chão a seiva da mulemba, aquela seiva branca e espessa, e os pobres ficavam com os pés colados. E cantavam, quando tudo em volta ficava calado. Num silêncio parecido com este aqui. As coisas que fazíamos, Deus me perdoe. Ainda hoje quando vejo uma mulemba me lembro dessa cola que corre por dentro dela. Para mim a mulemba não é bem uma árvore. É uma gaiola com ramos e folhas.

Um livro, abandonado sobre a bancada da cozinha, chama-lhe a atenção.

— Olhem para isto, cheio de formigas. — Sacode o livro, depois persegue e esmaga os insetos com o polegar. — E andam por dentro do livro, malditas, parece que estão a sair das palavras, parecem letrinhas a fugir das páginas. Também só eu, trazer livros para a cozinha, se a Vitória chegasse agora lá viria a zanga: "Avó, olhe para a senhora, numa mão a faca, na outra a poesia". Estou a enlouquecer, um dia destes dou por mim a falar com as formigas. É que às vezes me sinto tão sozinha. Tiros, tiros e a minha neta lá fora. Como eu queria envelhecer no sossego, sem medo, sem esta maldita cidade, esta cidade que é a minha prisão.

Senta-se na sala, num dos sofás de couro, muito direita, e lê alto, com boa dicção:

Morrer/ como quem deságua longe do mar/ e, num derradeiro relance,/ olha o mundo/ como se ainda o pudesse amar.

Lá de fora chega uma revoada de vozes e de claras gargalhadas. Abre-se a porta e entra uma moça de cabeleira exuberante, o corpo ágil e longo a revelar-se por dentro de um vestido preto, muito justo e curto. Descalça os sapatos de salto alto e pula para o chão. Sacode a revolta cabeleira, como a libertar-se das sombras da noite. A velha pousa o livro no colo.

— Vitória, minha neta! Isto são horas de chegar?

A moça atira-se para o outro sofá, mostrando à velha os pulsos nus.

— Não tenho horas para chegar ou partir, avó. Não tenho horas! A mim me repugna ter horas, é pior do que ter piolhos. É preciso catar as horas, avó, catá-las antes que nos chupem o sangue.

— Tu me preocupas — ralha a avó. — Essa cidade está muito perigosa. Toda noite ouço tiros.

— São foguetes, avó, gente a festejar.

— São tiros, menina, não penses que me enganas. Ao longo dos anos aprendi a conhecer o sotaque de cada arma. Sei muito bem distinguir uma G3 de uma

Kalash. Escuta! Agora é uma Makarov, sim, tenho certeza, uma Makarov.

— Tiros, foguetes, avó. Seja lá o que for, são para festejar.

— E o que tanto festejam?

— A vida. As pessoas estão vivas, por isso festejam.

— Fazem tiros para festejar a vida? — A velha solta um muxoxo trocista. — Olha, acabei de fazer uma sopinha. Não queres?

— Não, obrigada, avó. Que livro é esse? Não é daqueles do meu pai? Olhe, já viu as formigas? — Vitória arranca o livro do regaço da velha e sacode-o, horrorizada. — Tantas formigas! Este país está tão mal que agora as formigas comem até livros.

— É porque têm palavras muitíssimo saborosas.

— Você devia sair, avó. Passa os dias aqui fechada.

— Sair? Sair é como despertar. Só vale a pena se for para um dia novo.

— A avó apodrece aqui dentro. Nem à janela vai.

— Tu não percebes, minha neta. Não tenho lugar fora de mim. Fora desta casa eu já não conheço nada. Parece que estou a entrar num tempo que não me pertence.

— Por isso não tenho horas, avó, não estou presa a tempo nenhum. Sou de todos os tempos. Nunca ficarei velha.

A velha ri-se, numa gargalhada seca, dura:

— Sim, vais ficar. Um dia acordarás velha. Isso acontecerá sem aviso. Numa tarde estarás lendo sozinha, como eu agora, assim meio adormecida, e então acontecerá.

— Acontecerá, avó? Acontecerá o quê?

— O tempo! O tempo saltará de algum lado, ou de todos os lados ao mesmo tempo, como um tigre, como dezenas de tigres. Quando te olhares a um espelho verás uma senhora muito velha. Os espelhos são de todos os móveis os mais traiçoeiros. Odeio espelhos.

Escutam-se, cada vez mais perto, uma série de disparos e de explosões. Velha Luzinha estremece.

— Estão festejando muito nesta noite.

Vitória estica o corpo perfeito. Lembra um gato espreguiçando-se.

— Eu por hoje já festejei tudo, minha avó. Não tenho mais nada para festejar. Vou dormir. — Levanta-se, beija a avó e vai-se retirando. Detém-se, porém, antes de alcançar a porta. — Avozinha...?

A velha ergue as mãos, num grande desânimo.

— Já sei o que vais perguntar. Não, a tua mãe... Não sei, minha filha, a mim custa-me muito pensar nisso, mas não acredito que ainda esteja viva. E, se estiver, não nos vai procurar...

— É que eu tenho tantos sonhos.

— Também eu. É uma maneira de senti-la viva, de senti-la aqui, conosco.

— Não é com a mãe que eu sonho, minha avó. Sonho com meu pai.

Velha Luzinha não responde. Vitória despede-se com um aceno, deixando a porta aberta. Entra no seu quarto, despe o vestido com tristeza e atira-o para cima de uma cadeira. Solta o sutiã, tira a calcinha. Veste uma camiseta larga e deita-se. Apaga a luz do candeeiro.

Velha Luzinha demora-se um tempo com os olhos postos na porta do quarto de Vitória. Abana a cabeça num gesto de resignada mágoa:

— Essa menina, o que sabe ela da vida? Só conhece a vida quem está perto da morte, não é o que diz o poema? Ou sou eu que digo? — Pega de novo no livro e lê em voz alta. — "Morrer, morrer/ depois de me despedir/ das palavras, uma a uma./ E, no fim,/ restar uma única certeza:/ não há morte/ que baste para se deixar de viver." — Prossegue a leitura em silêncio. Volta a cabeça ao escutar mais tiros. Suspira. — Estou tão cansada. Leio tão bem tiros quanto poemas. E esta minha neta, como é que eu, enterrada nesta casa, lhe posso mostrar a vida?

A janela do quarto de Vitória dá para a rua. Um rosto espreita. Não parece um rosto humano. Uma mão empurra a vidraça. É um homem, vestido com uma velha farda militar, a cabeça coberta por uma máscara de lobo, rústica, feita de madeira e papelão. Salta para o interior sem fazer ruído. Na sala, Velha Luzinha continua a ler. O homem debruça-se devagar sobre Vitória. Encosta o nariz de lobo no pescoço da moça, cheirando-a. Cheira o corpo dela, como um bicho. De repente, a janela, que ficara aberta, é fechada pela força do vento. O homem endireita-se, assustado. Vitória murmura qualquer coisa, mas não acorda. Velha Luzinha sobressalta-se, detém a leitura e levanta-se. Dirige-se ao quarto da neta Vitória, abre a porta e dá com o lobo debruçado sobre a neta. Apressadamente, o mascarado tira uma navalha de ponta em mola do bolso e encosta-a no pescoço da menina. Sussurra:

— Quieta, velha. Não grites!

Velha Luzinha recuando, murmura:

— Não vou gritar, senhor. Tenha calma.

— Corto o pescoço da miúda, depois corto o teu. Mato as duas.

— Já percebi. Por que não guarda a navalha e conversamos?

— Conversar? Conversar não mata a fome...

— Não falemos mais em matar, senhor ladrão. Guarde a navalha, venha para a cozinha. Vamos conversar. Falou em fome. Está com fome?

— Não quero conversar.

— Venha à cozinha. Aqueço-lhe uma sopa.

O mascarado hesita. Olha para a menina adormecida. Olha para a velha. Por fim, decide-se:

— Vamos lá, então. Mas não quero merdas, estás a ouvir?

O lobo segue a velha para a cozinha, sempre com a navalha bem presa entre os dedos. Senta-se num banco. Velha Luzinha oferece-lhe um pedaço de pão. Estende-lhe o queijo e a manteiga. Ele ergue um pouco a máscara, sem conseguir morder o pão.

— Não será melhor tirar a máscara? — Sugere Velha Luzinha. — Eu posso virar as costas enquanto o senhor come.

— Cala-te. Sei bem o que queres.

Finalmente, o lobo encontra uma posição confortável e devora o pão sem descobrir o rosto. Velha Luzinha aquece a sopa.

— O senhor foi militar?

— Não sei. Nem me lembro mais. Há coisas que não quero lembrar.

— Estou a ganhar prática em esquecimento.

— Não tens mais prática do que eu, velha. Treinei muito para esquecer e para ser esquecido. Ser esquecido é a maneira mais elegante de morrer. A propósito de morrer, essa sopa, sai ou não? Morro de fome.

Velha Luzinha estende-lhe uma tigela com a sopa. Abana a cabeça:

— E você a dar-lhe com a morte. Aqui tem. Espere, vou buscar uma colher.

O mascarado a ignora. Bebe a sopa da tigela, sem uma pausa. Pousa a tigela na mesa e afaga a barriga em sinal de satisfação.

— Estava boa, velha. Que saudades eu tinha desta sopa.

— Desta *minha* sopa?!

— De sopa! De uma sopa assim.

— As pessoas nunca esquecem a minha sopa.

— Nunca?

— Nunca. Como não sei fazer poesia, faço sopa. Ou por outra, faço sopa como quem faz poesia.

O lobo suspira:

— Como é que uma simples sopa nos enche tanto por dentro? — O lobo se levanta e inspeciona o livro. Abre-o ao acaso, parece ler. Ao fim de alguns segundos desiste e volta-se para a velha. — O teu livro está cheio de formigas.

— Foi culpa minha, deixei-o aí, na bancada, as formigas atacaram logo.

— As formigas estão por toda a parte. Tudo são formigas. Até por dentro das pessoas, elas estão. Sobretudo por dentro das pessoas. O que é que pensa? A senhora, por dentro, é um formigueiro, um morro de salalé com forma humana.

— Não digas isso.

— Digo, digo. Nunca me esquecerei: uma vez dei um tiro num branco, o gajo até levantou as patas do chão, ficou estendido na calçada, a boca toda aberta. Passados uns minutos, começaram a sair formigas. Ah, muitas, muitas formigas. À volta dele ficou uma escuridão. As formigas saíam de dentro do corpo do branco, junto com a noite, e depois fugiam, iam-se embora. Desde então, me pergunto: quanta sombra trazemos dentro de nós? Bichos e escuridão é o que trazemos dentro de nós. Uns trazem mais bichos, outros, mais escuridão.

— Essa conversa me assusta, não falemos sobre formigas. Está a transpirar tanto, não quer tirar essa máscara?

— Que confiança é essa?! Eu por acaso lhe autorizei a confiança? Acabou a conversa-fiada. Vamos lá: joias?! Tens joias? Vá buscar as joias.

Ao dizer isso, o lobo faz um gesto mais largo e, sem querer, atira ao chão a tigela, que se estilhaça. O ruído desperta Vitória. A moça levanta-se e entra na cozinha, vestida apenas com a camiseta branca com que se deitara. Fica um instante debaixo da luz, atordoada.

— Desculpem. Não sabia que tínhamos visitas. Vinha só buscar um copo de leite.

Velha Luzinha avança para ela, como se fosse abraçá-la. Hesita, empurra-a para o corredor.

— Volta para o teu quarto, menina. Já te levo o leite.

Vitória afasta-a com um gesto seco. Encara o lobo, sorrindo:

— Quem é o seu amigo? Parece que saiu de um bloco de Carnaval. Gosto do estilo, ya, gosto bué! Um pouco fora do tempo, mas não estamos todos fora do tempo? — Dirige-se à geladeira, abre-a, tira uma garrafa de leite e bebe pelo gargalo. Um fio branco escorre-lhe pelos lábios. Limpa-o com as costas da mão livre. — Bonita, a máscara. A gente olha para o senhor e vê um lobo. O senhor é um lobo? O senhor é o lobo mau?

Velha Luzinha volta a avançar para ela, aflita:

— Cuidado, filha! Cuidado com os cacos, o chão está cheio de vidros, e tu, assim descalça, ainda te cortas. Vai para o teu quarto, vai para o teu quarto...

Vitória ignora a avó. Senta-se num banco, de frente para o lobo. A camiseta sobe, revelando as coxas nuas. Ela não parece dar por isso.

— Todos nós deveríamos usar uma máscara que mostrasse aquilo que realmente somos. Eu, por exemplo, usaria uma máscara de água-viva. Pareço inofensiva, eu sei, mas, se me tentam agarrar, queimo. Queimo até aqueles de quem gosto. Não os posso abraçar, não os posso afagar, porque os queimo.

Velha Luzinha abana a cabeça.

— Você aí quase nua, o chão cheio de vidros. Vou buscar uma vassoura. Mas primeiro uma manta, que vergonha.

— Essa minha avó! A ela não queimo, é a única que me pode abraçar, a única que eu não queimo.

— A única? — pergunta o lobo.

— Mas não se iluda com os modos dela, essa velha só é doce para mim. Para o mundo, ela teria de usar uma máscara de hiena. Ah! Uma bela máscara de hiena!

Velha Luzinha regressa com uma manta numa das mãos e uma vassoura na outra. Cobre a neta com a manta e logo começa a varrer o chão.

— Ora, filha, pelo amor de Deus! Os disparates que tu dizes...

Lá fora, passa um carro com música no volume máximo, uma batida frenética, que repercute nas paredes e nos móveis. Vitória ergue-se, atira a manta para o banco e ensaia uns passos de dança. Sob a luz crua da lâmpada parece completamente nua. Tiros soam, mais fortes do que a música. O carro afasta-se. Velha Luzinha volta a cobrir a neta com a manta.

— Música e tiros, luta e luto, festa e morte — diz a velha. — Que horror, parece que todos os desencontros se harmonizam neste nosso mundo.

— Nosso, não — contesta o lobo, com uma voz de sombras. — O mundo deles. Eles não são como nós.

Vitória solta a manta, puxa o banco para o lado do lobo e senta-se voltada para ele. Agora é ela que o cheira.

— Pois não, nós somos jovens, somos bonitos — diz, fazendo uma careta de nojo. — Você devia tomar um banho, senhor lobo mau. Cheira pior do que um defunto.

O lobo afasta o banco. Continua no mesmo tom de voz, voltado para Velha Luzinha:

— Eles não são como nós, velha. São os filhos da luta. Cresceram sozinhos, enquanto a gente se matava uns aos outros.

— Às vezes sinto o mesmo — confessa a velha senhora. — Estamos em ruínas, nós, como esses prédios lá fora.

Vitória solta uma gargalhada terrível:

— Quais prédios lá fora, avó? A senhora precisa sair um pouco, passear. Já não há mais prédios em ruínas. Agora o que há são prédios novos. Lá fora tudo é novo, tudo reluz, tudo é futuro. Não existe mais passado. O passado acabou.

O lobo volta a afastar o banco.

— Você faz bem em não sair, velha. A miúda tem razão. Eles tiraram-nos tudo, inclusive o passado.

— Tive de educá-la sozinha — lamenta-se Velha Luzinha. — Muitas vezes sinto que falhei.

— O que aconteceu à mãe dela? — pergunta o lobo.

— Nunca tive nem mãe nem pai — diz Vitória. — Sou filha da minha avó.

Velha Luzinha sacode a cabeça:
— A mãe desapareceu na guerra.
— Já não sou uma criança, avó — protesta Vitória.
— Sei muito bem o que aconteceu.
— Sabe?! — espanta-se o lobo. — Ela sabe?
— Minha mãe não desapareceu na guerra. Desapareceu na maternidade. Esperou que eu nascesse e foi-se embora. Abandonou-me.

O lobo suspira:
— Às vezes existem poderosas razões...
— Foi a guerra — interrompe Velha Luzinha. — A guerra enlouqueceu as pessoas.
— A minha mãe apaixonou-se por um militar. Esse homem, sim, desapareceu. Esse homem, esse homem que eu nunca conheci, dele eu sinto quase uma espécie de saudade...
— A tua mãe era ainda uma menina. Tinha a tua idade.
— A minha mãe enlouqueceu de dor. Li o diário dela. — Vitória volta-se para o Lobo Mau. — Quer que eu lhe leia algumas páginas do diário da minha mãe?
— Que absurdo — ralha a velha. — Não podes fazer isso!
— Por que não?
— Vais incomodar o nosso... O nosso...
— O nosso convidado?
— Não incomoda. Até gostaria de ver o tal diário.

— Estás a ver, avó? Vou buscá-lo...
— Só quero vê-lo. Basta-me vê-lo. Não quero que me leia nada.
— Por que não?
— Não tenho tempo... Não quero ouvir a voz de uma morta...
— Morta?! Quem lhe disse que a minha mãe está morta? Ela desapareceu.
— Sim, desapareceu — confirma a avó.
— Vou buscar o diário.

Vitória levanta-se e dirige-se ao seu quarto. Velha Luzinha aproxima o rosto da máscara do Lobo Mau. Sopra raivosa:

— Vá-se embora! Aproveite e vá agora! Desapareça!
— Nem pensar. E as joias?
— Quais joias? Não tenho joias!
— E esse anel no teu dedo? Dá-me o anel!
— Não dou. Pertenceu à minha mãe, foi a avó dela que lhe deu, está na família há três gerações.

O lobo tira a navalha do bolso, abre-a e encosta-a na garganta da velha.

— Dá-me o anel, caralho!
— Tome. Vão-se os anéis, ficam-se os dedos.

O lobo guarda o anel no bolso e depois, de surpresa, agarra a mão da Velha Luzinha.

— Agora os dedos!

Velha Luzinha luta para retirar a mão.

— Solte-me! Solte-me!

O lobo ri às gargalhadas.

— Os dedos levo-os num outro dia.

Vitória reentra nesse momento, agitando um pequeno caderno cor-de-rosa. O lobo pousa apressadamente a navalha sobre a mesa.

— O diário da minha mãe! — Sentem-se! Estavas a falar de dedos, que ias levar uns dedos... E lembrei-me... Esperem que já encontro aqui.

A avó e o lobo sentam-se enquanto Vitória folheia o caderno. A moça senta-se diante deles, abre o diário ao acaso e começa a ler:

— "Sonhei que acordava numa casa que não era a minha. Dei-me conta, ao acordar, de que tinha as mãos cheias de dedos. Contei-os. Vinte e cinco na mão direita. Trinta e dois na mão esquerda. A alguns dos dedos faltavam unhas. Outros eram ainda mais rudimentares, breves fragmentos esponjosos. *Chato*, pensei, *mas não é nada que se não resolva.* Fui buscar uma tesoura e pus-me a cortar os dedos a mais, enquanto assobiava uma canção." Rio muito sempre que leio esta parte. A minha mãe tomava nota de todos os sonhos. Deste, o dos dedos, eu gosto bué! Querem que leia de novo?

— Que horror! — Velha Luzinha tenta tirar o diário das mãos da neta, mas esta esquiva-se. — Entre nós há esse costume de cortar os dedos aos ladrões. Há dias encontrei quatro dedos no caixote do lixo, lá embaixo, nas escadas. Um deles ainda estava vivo.

O lobo leva as mãos à máscara, como se a fosse retirar. Murmura:

— Não posso mais.

Vitória sorri:

— Querem que leia um outro sonho?

— Não, não! — pede o lobo. — Outro, não.

Velha Luzinha tenta, uma outra vez, tirar o caderno das mãos da neta.

— Basta! Dá-me isso...

— Há um outro sonho dela de que eu gosto muito — diz Vitória, erguendo-se, fugindo da avó. Folheia o caderno. — Ela sonhou com isto na noite anterior a conhecer o meu pai.

— Não leia, moça. Já chega. Quero ir embora.

— Sim, este senhor tem de ir — apoia a avó. — É muito tarde.

— Eu peço-lhe, por favor, escute. Preciso muito que alguém escute o que a minha mãe escreveu. Depois o senhor lobo pode entender melhor o que fez esta minha avó... Por favor, é só um bocadinho. — Começa a ler: — "Sonhei com um homem correndo. O homem estava nu, corria através do capim alto. Ouvi tiros. Alguma coisa o perseguia, mas eu não sabia o quê. Caiu de bruços na lama. Afundou-se, desapareceu. Chovia. Ouvi mais tiros. Depois passaram soldados. Então uma árvore começou a crescer no lugar onde o homem tinha desaparecido. Uma mulemba. Uma mulemba muito alta."

Vitória fecha o caderno e recosta-se na cadeira, de olhos postos no teto. O Lobo Mau espera em silêncio. Velha Luzinha olha para um, olha para outra, abanando a cabeça. Por fim, Vitória endireita-se.

— É bom o senhor lobo estar aqui a ouvir. Assim, parecemos quase uma família. — Suspira profundamente. Limpa os olhos com as costas da mão. — Depois que o meu pai desapareceu, a minha mãe voltou a sonhar com essa mulemba. Sonhava todas as noites com a mesma árvore. Pouco a pouco a árvore foi lançando raízes no espírito dela. A partir de certa altura, convenceu-se de que, se encontrasse aquela mulemba, conseguiria devolver o meu pai à forma humana. Eu, pelo contrário, não me importaria de ter um marido-mulemba. Num marido-mulemba pode-se confiar, ele está sempre ali, sossegado, no quintal. Não desaparece nas noites de sexta-feira. Não chega em casa bêbado. Ouve-nos sem nunca nos interromper. Além disso, dá sombra, boa sombra...

Velha Luzinha interrompe-a, batendo com a mão na mesa.

— Chega! Chega! A tua mãe estava perturbada, sim. Por isso digo que ela desapareceu na guerra. A guerra roubou-nos as pessoas de muitas maneiras diferentes.

— Gostei da história da árvore — diz o lobo. — Já acabou?

Vitória acena que não com a cabeça. Volta a abrir o caderno e lê:

— "Preciso achá-lo. Quando o encontrar saberei que é ele. Conheço o formato dos seus ramos. Saberei que é ele pela doçura da sombra. Ontem percorri a cidade inteira visitando quintais. Arrastando a minha barriga de grávida. As pessoas me olham com pena. Não quero a piedade de ninguém. O meu homem está em algum lugar desta cidade, deste país, esperando por mim com o seu jeito manso. Sinto a falta das suas grandes mãos rugosas e tão suaves, desenhando flores na minha pele. Quero abraçar-me a ele. Meu calor aquecerá o seu sangue e o devolverá a mim."

A moça fecha o caderno e pousa-o na mesa, triunfante.

— Acho bonito!

— Há muitas mulembas neste país — diz a velha, num queixume. — Pelo menos as árvores não estão em ruínas.

— Sim. Há mulembas. — Suspira o lobo. — Conheço tantas, tantas, tantíssimas. Mas só uma é ele...

Vitória ergue o rosto.

— Como?!

— Esse homem, seu pai. Só numa dessas mulembas bate o coração de seu pai. Não é nisso que sua mãe acredita?

— Sim. E o senhor? Acredita?

Escutam-se sirenes. As luzes giratórias de um carro da polícia entram pela janela, enlouquecendo as paredes. O lobo levanta-se num salto, logo seguido pela avó.

— A polícia está aqui! Vou espreitar à janela. Não quero brincadeiras, velha. Nem te mexas.

O lobo corre até o quarto de Vitória e espreita pela janela. Velha Luzinha segue-o. Contudo, Vitória segura-a por um pulso e puxa-a para trás. Sussurra:

— O que se passa aqui, avó? Quem é o mascarado?

— Minha neta, eu tenho que te dizer uma coisa... Escuta-me bem... Esse homem não é um convidado, é um ladrão, um intruso, eu surpreendi-o junto à tua cama.

— Mentira, avó. Isso parece história sua. Esse homem... Eu acho que sei quem é esse homem...

— Juro, neta, juro. Esse homem é um ladrão...

— Estamos a ser assaltadas?

— Sim, estamos, sim.

— Esse filho da mãe ameaçou-a?

— Ele está armado. Tem uma faca. Ou tinha, olha, esqueceu-se dela em cima da mesa da cozinha.

— Fique calma, avó. Porque isto vai mudar de comandante. — Num gesto rápido, Vitória apodera-se da navalha. — Agora vamos ver quem manda.

— Minha neta, isso não, não quero. — A velha tenta tirar-lhe a navalha. — Tu não podes...

— Não posso o quê? Não posso o quê?

— Não podes...

O lobo regressa à cozinha, ofegante, e encontra as duas mulheres rodando abraçadas, numa luta surda. Ao dar pela presença do lobo, Vitória usa o diário da mãe para esconder a faca. Velha Luzinha afasta-se dela com um empurrão.

— O que se passa aqui? — inquieta-se o lobo. — Agora lutam?

— Nada, senhor. Vitória não quer entregar-me o diário da minha filha.

O lobo roda pela cozinha, torcendo as mãos.

— A polícia está revistando o outro lado da rua. Tenho de ir!

— Pois vá. Rápido! Saia!

— O diário! Não saio sem levar esse diário.

— Não posso! Não posso dar-lhe o diário — protesta Vitória. — O diário, nunca.

— Dá-me o diário, e eu vou-me embora.

Vitória roda sobre si própria, de modo a ocultar a faca por trás das costas.

— O senhor não entende, este caderno não é um objeto qualquer. Isto é a minha mãe. — Enquanto fala, vai mudando de posição de forma a se aproximar do assaltante. — A minha mãe conversa comigo através deste caderno.

— Não quero ouvir mais disparates! — grita o lobo.

— Passa-me essa merda, ou vou-me chatear!

— Por favor, tenho mais joias, leve-as! — implora a avó.

Então, Vitória dá um salto e, no instante seguinte, tem a ponta da navalha enfiada no peito do lobo. O tom é sério, cortante:

— Seu filho da puta! — Ela chuta o intruso com força nos joelhos e este cai. — Já te mostro quem manda, meu cabrão.

O lobo geme:

— Ai! Não me bata!

— Não bato? Corto-te a garganta, ladrão de merda.

— Que linguagem é essa, menina? — ralha a avó.

— Tento na língua.

— Língua?! Falando em língua, vou arrancar a deste mabeco, e vai ser agora mesmo.

Velha Luzinha coloca-se entre a neta e o mascarado.

— Minha neta, eu lhe peço, não faça mal a esta... A esta pessoa...

— Saia da frente, avó, a senhora não me conhece. Vou tirar umas contas a limpo com este filho da puta.
— Desvia-se da velha e avança de novo sobre o intruso. — Para já, vou te arrancar essa máscara ridícula, quero ver o teu focinho.

A avó ajoelha-se. Agarra-se, chorando, à camiseta da neta.

— Minha neta, dê-me a navalha, por favor.

Escutam-se tiros muito perto.

— A polícia! — Velha Luzinha levanta-se. — A polícia deve estar aqui mesmo.

Vitória afasta-se dois passos, sempre com a navalha apontada para a garganta do mascarado.

— Fica aí quieto ou ainda te deixo todo destomatado. Ouviste? Cabrão! E eu que cheguei a pensar... O senhor enganou-me, sabe?

— Enganei-a? Eu?

— Acabou! Chega! E já agora, minha querida avó, tiremos a limpo umas tantas lembranças. A senhora está a tremer só por causa do assalto? Nunca a vi tremer tanto. Por que será, minha querida avozinha? Está com medo que eu denuncie este mascarado...

— Por favor, minha neta.

— Que eu denuncie este mascarado, que o entregue à polícia, como a senhora antes denunciou o meu pai?

— Mas que história é essa, Vitória?

— Eu sei muito bem, avó. Quem entregou o meu pai, quem o denunciou foi a senhora, não foi?

— Quem lhe disse isso?

— Eu sei, avó, os meus amigos contaram-me tudo, eu saí por aí a perguntar, falei com muita gente, todos me disseram...

— Há muitas outras coisas que devias saber, coisas que devias perguntar...

— Que coisas? Eu não preciso escutar mais nada, a senhora para mim é uma hiena. Vocês dois bem que podiam ficar juntos, o lobo e a hiena.

O mascarado tenta erguer-se. Fica de joelhos.

— Não fale assim com a sua avó!

— E você, quem julga que é? Por acaso é meu pai? Quem lhe deu o direito de falar?

— A sua mãe...

— A minha mãe? O senhor conheceu a minha mãe?

— Eu sei o que está escrito nesse diário.

— Cale-se... O que foi que disse?

— Das duas uma: calo-me ou falo?

— Repita o que disse...

— Sei o que está aí escrito. Eu andei à procura dessa árvore, dessa mulemba.

— Avó, quem é este homem? Espere, espere... Este homem... Não me diga que é ele?!

— O teu pai morreu, Vitorinha. Ele morreu.

— É por isso que quer tanto o diário de minha mãe. Só pode ser... O senhor é o meu pai? Diga, é o meu pai?

Batem à porta: três violentas pancadas. Uma voz anuncia:

— Polícia! Cidadãos, abram a porta.

Velha Luzinha, Vitória e o mascarado ficam imóveis, olhando aterrados um para o outro. A voz soa de novo, ainda mais firme e mais forte:

— Abram imediatamente!

Vitória sussurra para a avó:

— Vá lá, avó, abra a porta, mas não os deixe entrar. Arrume-se, disfarce, sossegue os gajos.

Velha Luzinha endireita-se, ajeita o vestido, dirige-se à porta e entreabre-a. Um polícia está postado à entrada, enorme e sólido.

— Temos uma situação aqui fora, mais-velha. Estamos em prontidão combativa. Ninguém sai à rua. Ao mínimo movimento, disparamos para matar. Entendeu?

— Sim, sim, senhor polícia.

Velha Luzinha fecha a porta, cuidadosamente. Tranca-a à chave. Guarda a chave no bolso. Volta-se para trás e anuncia, definitiva:

— Há uma situação. Ninguém pode sair.

— Nós ouvimos. — Vitória caminha em passadas nervosas de um lado para o outro. — Ninguém pode sair.

A velha sacode a cabeça. Ri com raiva.

— Eu nunca saio de casa.

O mascarado levanta-se, apoiando-se a uma parede. Vitória detém-se diante dele.

— Não me sai da cabeça, não me sai da cabeça. O senhor... Há tanto tempo que eu sonhava com este momento... A mesma voz com que sonhei. — Pega nas mãos do lobo. — Essas mãos com que eu sonhei.

O lobo solta as mãos. Volta-se para Velha Luzinha:

— Quantos agentes conseguiu ver lá fora?

— Esquece o que se passa lá fora e tira essa máscara! — grita Vitória, voltando a chutar os joelhos do mascarado. — Vá, filho da puta, tira a máscara!

— Tira-a tu! — manda o lobo.

Vitória ergue os braços em direção ao rosto do mascarado, mas depois hesita, como que arrependida.

Velha Luzinha interpõe-se:

— Basta! Basta!

— Deixe-a! — chora o mascarado. — Eu mereço todos os castigos.

Vitória chora descontrolada:

— Por que é que este gajo fala do meu pai como se o tivesse conhecido?! Quem é este homem?

— Deixem-me sair — implora o mascarado. — Dê-me o diário e eu saio. O diário e a caixa preta. Quero a caixa preta.

— Qual caixa preta?! — pergunta Vitória.

Velha Luzinha estremece.

— A caixa preta?

— Sim, a senhora sabe muito bem.

A velha abraça a neta.

— Vitorinha. Vai à sala, abre a gaveta da cristaleira. Há lá uma caixa preta, traz-nos essa caixa.

Vitória passa a faca para as mãos da avó.

— Não deixe que este bandido se mexa.

Assim que Vitória se afasta, Velha Luzinha pousa a faca na mesa e estende as mãos para o mascarado. Abraça-o.

— Vem. Desde o primeiro instante eu te reconheci.

— Reconheceu, não reconheceu? — O mascarado muda de voz. Percebe-se agora que é mulher. — Eu temia que a senhora me reconhecesse. Foram as minhas mãos, não foram? Estas minhas mãos.

— Sim, as mãos. Os dedos longos. E também a voz, e os silêncios. Uma mãe reconhece a sua filha.

— Há tantos anos...

— Sim, há tantos anos, deixa-me ver o teu rosto.

— Não, o rosto não. O meu rosto já morreu, mãe.

— Estás doente. Vejo pela tua voz...

— Sim. Muito doente. Estou no fim. Os meus olhos cresceram, cresceram tanto que tenho medo de me olhar e ser devorada pelo espelho.

— Vieste rever a tua filha?

— Vim para me despedir. Nem sei, mãe, vim para me despedir de mim... O meu rosto já foi embora, não posso beijar a minha filha...

— Viste como a tua filha está grande? Tão parecida contigo...

— Custa-me ver que Vitória está zangada consigo. Não esquece o que a mãe fez com o pai dela. A sua neta nunca lhe irá perdoar.

— E tu?

— Eu quê?

— Tu perdoas-me, filha? Entendeste por que fiz isso com o teu homem?

— Não sei, já não me interessa entender nada. Nem quero que me entendam a mim. Estou tão cansada, mãe. Cansada de falar, cansada de mentir, cansada desta vida que nos obriga a mentir.

— Estás com medo, filha.

— Medo, eu?

— Nunca vi ninguém com tanto medo.

— Medo de quê?

— De dizer adeus. Tu nunca tiveste despedida. Nem do teu marido. Fui eu que fiz tudo, reclamar o corpo, fazer o funeral... E recolher as coisas dele, essa ideia que tiveste de guardar tudo...

A filha interrompe-a. Mantém os braços erguidos enquanto dá uns passos embriagados pela sala. Depois, declara, com firmeza:

— Já chega, mãe. Eu vou tirar a máscara.

— Não, deixa-te ficar assim.

— Eu quero. Eu preciso tanto beijar a minha filha.

— Ela está sendo beijada por ti, todas as noites. Todas as noites essa menina adormece com o teu diário nas mãos.

— Não sei, mãe. Talvez tenhas razão, o melhor é deixar tudo como está.

— Já assaltastes esta casa, não assaltes a vida da menina.

— Tem razão. A verdade é que não sei como vou sair daqui. E mesmo que consiga sair, não sei como, depois, irei regressar a mim...

— Nem pensar! Ficas connosco esta noite.

— Estou farta, estou cansada de tudo isto. Tenho a cabeça a ferver.

Velha Luzinha aproxima-se da filha e a abraça. No início, a filha resiste. Depois, deixa-se envolver nesse carinho.

— Calma, minha filha, fica aqui. Descansa. Esta é a tua casa.

A mulher liberta-se dos braços da mãe.

— Não, não! Eu vou-me embora.

No início, a voz é trémula. Depois, ganha firmeza e quase regressa ao timbre inicial, de quando se fazia passar por um homem.

— Só quero o diário. — Quase grita. — E a caixa, a caixa preta. Depois vou-me embora.

Vitória regressa à sala trazendo uma caixa envolta num pano preto. Surpreende-se ao encontrar a Velha Luzinha quase abraçada ao mascarado.

— Afinal, o que se passa aqui?

Velha Luzinha dá um passo em frente, como se quisesse fazer crescer a sua presença.

— Minha neta, há algo que tenho para lhe dizer. Esta pessoa aqui, ela é...

O mascarado adianta-se e proclama, com o timbre masculino que já antes usara:

— Um amigo de seus pais! — E, antes que a jovem possa reagir, prossegue: — Eu conheci seu pai, sim. Também conheci a sua mãe. Mas agora isso pouco interessa, dê-me a caixa, quero sair daqui...

Vitória dirige-se à avó, entre hesitação e receio:

— Dou-lhe, avó?

De rosto baixo, a voz quase inaudível, a velha murmura:

— Sim, entregue-lhe a caixa. — Depois, com súbita firmeza, ordena para o assaltante: — Você não pode sair daqui agora, a polícia está por todo o lado...

Vitória junta-se à avó na tentativa de dissuadir o mascarado. Diz que a polícia disparará assim que alguém sair pela porta de casa. O intruso parece hesitar. Num rompante, porém, inspira fundo e pega a caixa e o diário para se levantar, decidido.

— Eu vou, eu sei como sair. Só quero dizer uma coisa...

Vitória interrompe e argumenta que a avó tem razão, que há por ali um colchão e que ela estende uns lençóis. O mascarado responde, a firmeza já meio diluída em doçura, que não vale a pena. Devia ter saído mais cedo. Estende-lhe o diário.

— Olha, Vitória, fica com o diário da tua mãe.

— Não o vai levar? — pergunta Vitória, surpresa.

— É teu — responde o mascarado.

As mãos do mascarado e as de Vitória seguram o diário. E assim permanecem demoradamente. É como se, através do caderno, elas se tocassem. O intruso ergue a mão como se desejasse tocar no rosto de Vitória. Depois, emenda o gesto e sussurra:

— Leve o diário. E dou-lhe a máscara também.

Retira a máscara, segurando-a com o braço estendido em direção a Vitória. Contudo, Vitória mantém-se de rosto baixo.

— Olhe para mim, Vitória! — exige a mãe.

A filha conserva-se imóvel e cabisbaixa, para depois dizer, num fio de voz:

— Não, não quero olhar.

O intruso volta atrás para passar os dedos sobre a caixa preta e, depois, ombros vencidos, caminha lentamente até a porta. Com vigor, Velha Luzinha o segura pelos braços e suplica:

— Não vá, peço-lhe. Por amor de Deus, não vá.

O intruso, novamente mascarado, abre a porta e retira-se. Escutam-se disparos. Vitória e Luzinha ficam um momento paralisadas, num silêncio de pânico.

\* \* \*

Dias depois, um polícia bate à porta sobraçando um volume. É Vitória quem recebe o visitante.

— Esta caixa estava com o ladrão. Acho que lhe pertence. — O agente entrega a caixa à jovem e, quando se prepara para se retirar, declara, com a mão segurando o chapéu: — Sabe uma coisa? Esse ladrão, afinal, era uma mulher. É verdade! Fui eu que a levantei do chão, e ela então disse uma coisa muito estranha. Disse assim mesmo: "Vou ser mulemba". Pensei que não estava a ouvir bem, tirei-lhe a máscara e ela disse: "Vou morrer". Calma, eu disse, a senhora vai viver. E aquela mulher, a tal gatuna, então me disse: "Vou viver, sim, vou ser mulemba...".

O polícia vai-se embora. Vitória leva a caixa para o quarto. Retira dela uma roupa militar com manchas de sangue. Os dedos trémulos voltam a inspecionar o conteúdo da caixa. Encontra uma folha de papel.

Aproxima-se da janela, buscando melhor luz. Baixa o rosto e, depois, enrosca o corpo até ficar de cócoras. No quarto, escuta-se uma voz de mulher:

*Eu tinha dezenove anos quando fiquei grávida. Tinha idade para ser filha quando me tornei mãe. Mas nunca fui esposa. O pai da minha filha foi assassinado antes mesmo de ela nascer. Dentro de mim estava uma criança, e eu deixara de saber viver. A última coisa de que me lembro foi juntar os poucos bens desse meu homem, uns livros, uns cadernos, uma roupa que nunca foi lavada. Tudo isso juntei numa caixa de cartão. A gente não sabe como uma vida inteira cabe numa pequena caixa de cartão. A minha mãe embrulhou a caixa com um pano negro. Esse pano negro enrolou o meu sono, enrolou os meus sonhos. Será envolta nesse pano que serei enterrada na mesma terra onde dorme a última pessoa que eu soube amar.*

# A GRAÇA QUE O MUNDO TEM

*Entrevista de Anabela Mota Ribeiro
para o jornal português* **Público**

# Dois escritores com muitos pontos em comum: livros, identidade, a vida secreta das plantas, a guerra.

"Muxima" é a palavra que em quimbundo designa "coração". E "amigo", como se diz? Que palavras traduzem a amizade de José Eduardo Agualusa e Mia Couto? Alguns pontos de uma genética comum: livros, identidade, a vida secreta das plantas, as cores que temos e que uma menina de quatro anos vê e um adulto não vê. Mas esta é a maneira poética de ler as suas vidas. Faltam a guerra, as guerras, a procura de respostas, o empenhamento cívico e político. A felicidade que floresceu na infância, apesar do horror.

São criaturas de fronteira.

Mia Couto, nascido António, em Moçambique, já disse de si: "Sou um branco que é africano; um ateu não praticante; um poeta que escreve prosa; um homem que tem nome de mulher; um cientista que tem poucas certezas na ciência; um escritor numa terra de oralidade".

José Eduardo Agualusa é um "angolano em viagem, quase sem raça". Se a raça vier do ar e do chão, é da raça dos pássaros e das árvores.

São amigos há tanto tempo que parece uma amizade de sempre. Têm percursos quase coincidentes, apesar da especificidade de suas histórias e da dos seus países. Mia nasceu em 1955, Agualusa, em 1960.

Nesta semana, Agualusa lançou o romance histórico *Rainha ginga – E de como os africanos inventaram o mundo*. Mia fez a apresentação.

A entrevista foi na casa de Agualusa. Mia, não surpreendentemente, estava em casa. É preciso dizer que se riem muito. Um do outro, de si próprios, de imbecilidades (a palavra é deles). Os risos são muito mais recorrentes do que aqueles que são anotados no texto. Por quê? Deve ser da graça que encontram no mundo. ("Graça" no dicionário: mercê, benefício, dádiva; benevolência, estima, boa vontade; beleza, elegância.)

**Qual é a palavra de que mais gosta em quimbundo? Pode ser pela sonoridade ou pelo conteúdo.**

Agualusa — Sou da zona do umbundo, o Huambo. O quimbundo tem uma tradição escrita que o umbundo não tem. Ainda cheguei a aprender quimbundo. É mais fácil responder em umbundo: *ombembua*. Significa "paz".

**O som de *ombembua* faz-me pensar numa nuvem.**

Mia — Flutua.

Agualusa — É uma língua inventada pelos pássaros.

Mia — É piado.

**Mia, o biólogo e inventor de palavras, fala a língua dos pássaros? Qual é a palavra de que mais gosta num dialeto moçambicano?**

Mia — Estou a aprender aquilo a que presunçosamente chamaria "a língua da vida". O que me apaixona na biologia é a parte linguística, não é a parte científica. No sentido de decifrar códigos. Há linguagens que estão ali, presentes, e a gente está surda. E cega.

**Por exemplo.**

Mia — Fui-me apercebendo com mais clareza como é que as plantas dizem coisas. Têm de as dizer porque têm relações simbióticas com pássaros, com morcegos, por causa da polinização. Quando um fruto muda de cor, está a dizer que aquele é o momento. Está a falar conosco. Isso, o cheiro, são formas de diálogo.

Agualusa — O fruto é mesmo para ser colhido e disseminado. Diz: "Vem comer-me e propaga-me". Concordo com o Mia. Pensamos que as coisas estão ocultas, os grandes segredos, e está tudo à luz do sol. Não somos capazes de ver. As crianças muitas vezes veem.

**Os adultos não veem?**

Agualusa — Nalguns casos, veem à medida que envelhecem. As crianças veem o evidente. Costumo contar uma história da minha filha, de quando era bem pequenina. Uma senhora fez-lhe uma pergunta muito idiota. "De que raça és tu?" Ela não entendeu. Não tinha sequer o conceito de raça. A senhora tentou corrigir a pergunta, errando ainda mais. "De que cor és tu?" A minha filha olhou muito espantada. "Mas tu não vês que sou uma menina? As meninas são pessoas. As pessoas têm cores diferentes. A minha língua é vermelha, os meus dentes são brancos, o meu cabelo é castanho." Temos todas as cores. É preciso uma criança de quatro anos para dizer o óbvio.

**Como foi que perdemos a capacidade de ouvir, ver, ler o mundo? Tem que ver com a perda da inocência? Junto à experiência do medo. Eram muito jovens, um e outro, quando viveram a guerra de vossos países. Não consigo imaginar o que é ter quinze anos e ter a guerra a rebentar à porta. Nem vinte e dois.**

Agualusa — Éramos mais novos. Eu nasci com a guerra, em 1960.

**A guerra fratricida começa mais tarde, quando está na adolescência. Aquela que está lá, antes disso, é a guerra colonial.**

Agualusa — Tenho a noção da presença da guerra no meu cotidiano desde sempre. A questão é essa: quando temos desde sempre, também olhamos para a guerra de uma outra maneira. O meu pai trabalhava nos caminhos-de-ferro.

Mia — O meu pai também.

Agualusa — O meu pai começou a dar aulas às populações ao longo da linha do caminho de ferro. Tinha um vagão especial, com uma sala de aulas.

**Como era o vagão?**

Agualusa — Muito bonito. A companhia era inglesa, vagões em mogno, com salões, quartos. Tinha um quarto para mim e para a minha irmã, com beliches. Havia um cozinheiro, uma cozinha, sala de jantar. Nas férias, acompanhávamos o meu pai. Lembro-me muito bem de o comboio ser atacado. Várias vezes. Descarrilavam os comboios, etc. O caminho de ferro de Benguela era a principal empresa, na época. Portanto, um interesse estratégico. Tu deves ter sentido o mesmo.

Mia — Sim.

Agualusa — Toda a minha infância teve a guerra como pano de fundo. Não estava dentro das casas. Estava ali ao lado.

Mia — A guerra que não está ao lado de casa chega por vozes e de histórias. Coisas que assumem um caráter ficcional. Com nove anos, ouvia falar do que se passava na guerra de libertação nacional.

**Além da guerra, estava lá desde sempre o quadro colonial.**

Agualusa — A violência, a injustiça colonial... Se eu, uma criança privilegiada, fui afectado por isso (são memórias que tenho até hoje), imagino o menino...

Mia — ... Que sofria do outro lado do muro.

Agualusa — Custa-me muito ouvir certo saudosismo colonial. O discurso do retornado com saudade de África. Como se fosse um paraíso intocado.

Mia — Como se fosse diferente. [Porque] "os portugueses nunca fizeram como os outros".

Agualusa — Era uma sociedade profundamente distorcida, e só não via quem fosse completamente cego. Era explícito para uma criança de poucos anos.

**Não era preciso que lhe explicassem ou chamassem a atenção?**

Mia — Não.

Agualusa — Estava exposto. Era obsceno.

Mia — O sentimento de inocência, ali, perdia-se rapidamente.

Agualusa — Antes da guerra, percebíamos a violência colonial, a injustiça colonial.

**Era uma discriminação de que tipo, para começar?**
Agualusa — De todo o tipo. O colonialismo é feito com pessoas. Pessoas boas e pessoas más. Os sistemas maus puxam pelo pior das pessoas. O sistema colonial é um sistema de dominação. Se não, não é um sistema colonial. E, a qualquer reação, a pessoa era considerada terrorista. Ouvi "terrorista" ou "turra" contra pessoas que não eram nem estavam ligadas ao movimento nacionalista. Eram simplesmente pessoas que contestavam uma injustiça.

**Conte-me da sua experiência em Moçambique.**
Mia — É muito semelhante. Vivia numa cidade que, sendo a segunda de Moçambique, era pequena. Na Beira, esse carácter colonial estava tão à flor da pele que ninguém teve de me explicar nada. Quando tenho consciência do mundo e tenho de tomar partido, já sei quem eu era e o que é que ia fazer.

**Militou na Frelimo muito cedo.**
Mia — Quando fui para a universidade, com dezessete anos, sabia que não ia estudar. Sabia que ia aderir ao movimento de libertação nacional. Não porque tivesse sido doutrinado. Mas por aquilo que vivi. Sabia que queria fazer uma ruptura completa com o passado. Devo dizer uma coisa: fui muito feliz nesta infância. Tive uma infância infinita.

**Como é que se inventa esse espaço para a felicidade?**

Agualusa — Porque se cria. Porque as coisas acontecem assim. Mesmo durante o período de maior violência, pode-se ser feliz. Também fui muito feliz na infância.

Mia — Imagina que era outro tipo de violência... O espaço da minha casa era de grande afeto.

Agualusa — O da minha casa também.

Mia — Se calhar, era pior ter a experiência da violência interna, dentro de casa.

Agualusa — Com certeza. Fui muito protegido. Tive uma família sem... história.

**Parece uma coisa terrível, uma família sem história. E afinal, não.**

Mia — Antes isso do que uma história sem família.

**Já voltamos à felicidade na infância. Antes: sentia discriminação pelo fato de ser branco?**

Mia — Sim. Havia várias discriminações. Na cidade, circulavam autocarros. Na África do Sul, estava escrito "Negros/Não negros". Ali não estava escrito, mas era assim que se vivia. Não era preciso escrever. Estava escrito dentro da cabeça das pessoas. Sabia-se que um negro nunca podia sentar-se no banco da frente. Havia um banco traseiro, corrido, que era o lugar onde ficavam os negros. Outra discriminação: não havia "os brancos". Havia os brancos de primeira e os brancos de segunda. Os brancos de segunda (era o meu caso) nunca poderiam chegar a chefe da função pública.

**Tinha que ver com dinheiro e *status*, essa discriminação?**

Mia — Tinha que ver com nascimento, com os que já nasciam na colônia. Esses eram os brancos de segunda classe.

Agualusa — Isso chegou a ser uma coisa instituída. Havia os assimilados, os brancos de segunda, os brancos de primeira.

Mia — Os assimilados eram portugueses de pele preta.

Agualusa — Era uma coisa horrível! A pessoa tinha de provar que comia de garfo e faca.

Mia — Além das boas maneiras, tinha de ser católico, monógamo.

**A marca do dinheiro era notória? Havia colégios em Moçambique frequentados por portugueses brancos e goeses. A distinção aí não era em função da cor.**

Mia — Mesmo entre os goeses havia uma discriminação enorme. O goês tinha direito a pertencer a um certo clube social em função da sua casta. Havia vários clubes. Bastava dizer: "Sou do Clube Indo--português", e sabia logo qual era o status social daquele fulano.

Agualusa — É legítimo pensar (é o pensamento comum) que em Moçambique havia mais discriminação (não instituída, mas havia) do que em Angola?

Mia — Não sei comparar, mas acredito que sim. Por causa da influência direta da África do Sul e da Rodésia.

**Um momento de felicidade da infância: que é que primeiro vos ocorre?**

Agualusa — Não tive momentos. Tive imensos momentos. Tinha um quintal enorme. Cães. Brincava muito sozinho. Inventava mundo sozinho. O meu espaço de felicidade era esse quintal. Além disso, a minha casa era o limite da cidade. À frente, não havia nada. Vivi nesse infinito. Fui uma criança com um pé no asfalto e um pé no mato.

Mia — Sabes, a varanda colonial que circundava a casa e que fazia a transição? Nunca percebi bem o que era o dentro e o fora. Havia uma porta de rede, batente. Sabíamos que saímos de casa porque ouvíamos aquela porta bater. Nunca percebíamos se estávamos dentro ou fora. Foi uma coisa muito mágica.

**Isso dura até quando? O que caracteriza essa noção de infinito, o não haver barreiras, é a ausência de medo, de ameaça. Ou não?**

Mia — Ausência de medo é uma coisa que funciona bem para caracterizar aquilo. Não?

Agualusa — Não estou seguro. A minha filha diz-me uma coisa sobre o ser criança. Primeiro, há sempre alguém que manda em nós. Crescer é deixar de ter alguém a mandar em nós. Ou ter menos pessoas a mandar em nós. Diminui a cadeia de comando. A outra coisa é o medo. O medo está muito presente nas crianças. Vamos perdendo medos à medida que crescemos. Não?

Mia — Vais mudando de medos.

Agualusa — Não sei se não vais mesmo atenuando os medos.

Mia — Tínhamos medos. É melhor confessar!

Agualusa — Tínhamos medos e éramos felizes!

Mia — Eram medos domesticáveis. Medo do escuro. Vinguei-me quando fiz um primeiro livro para crianças [*O gato e o escuro*]. O medo cumpre a função de primeiro grande conselheiro.

**Não entendo.**

Mia — Precisamos ter medos porque os medos nos conduzem. É um alerta, um sistema de avisos.

O problema é quando os medos nos dominam, nos paralisam.

Agualusa — Tive uma professora especial, de família nacionalista, uma senhora de grande coragem. Não tive de aprender a geografia ou a história portuguesas. Não tínhamos Salazar na parede. Estudávamos poesia angolana. Ela criou o seu próprio programa de ensino. Em contrapartida, era muito violenta. Vivia no terror de ir ao quadro. Passamos tormentos que hoje seriam impossíveis.

**Fez alguma redação, para essa professora ou outra, de que se lembre especialmente? Em relação à qual tenham dito: "Que bem escreve".**

Agualusa — Não tenho a menor ideia. Era considerado um mau aluno. Estava na chamada fila dos burros irrecuperáveis.

**Nunca teve essa ideia de si próprio, pois não? A sério.**

Agualusa — Não me achava muito inteligente. A minha irmã era muito mais inteligente do que eu. Fazia tudo mais depressa, melhor.

Mia — Eu também vivi essa situação.

**Estão a fazer gênero, os dois.**

Agualusa e Mia — Não! [gargalhada]

Agualusa — Fui melhorando. Eu era feliz em casa. E inventava.

**Inventava dentro da sua cabeça ou já escrevendo alguma coisa? Quando pergunto por uma redação, tento compreender quando estabelece uma relação com a palavra escrita.**

Agualusa — Mais tarde, muito mais tarde. É preciso ler muito [para escrever].

**Como foi consigo, Mia?**

Mia — Era mau aluno e a escola foi penosa. Apurei o sentido de não estar no lugar [onde efetivamente estava] na escola.

Agualusa — Eu também!

Mia — Isso foi uma escola fantástica. De alheamento. Com os olhos abertos, fingindo estar atento. É uma coisa que procuro ensinar aos meus filhos: a capacidade de não estar.

Agualusa — É uma coisa de budista avançado.

Mia — A escrever, comecei cedo. A única coisa que me salvava de ter nota negativa a português era a redação.

Agualusa — A minha mãe era professora de português. Tinha muitos livros em casa. Também devias ter. O teu pai era poeta. Não me proibiam o acesso aos livros. Lemos os livros que podemos ler. Pegamos num livro e percebemos se é para nós ou não. Tento fazer isso com os meus filhos. Li dicionários e enciclopédias. Tenho ali dois tomos de uma enciclopédia que os meus pais me deram há pouco tempo, porque eu tinha muitas saudades daquela enciclopédia, uma Lello Universal. [Levanta-se e vai buscar.]

**Edição dos anos 1930, com figuras, capa dura. Linda.**

Agualusa — Nesta enciclopédia, o Fernando Pessoa tinha morrido havia pouco tempo e só tem direito a duas linhas. Para se ver que não lhe davam muita atenção. Hitler ainda é tratado com benevolência.

**E assim se aprende o mundo. Ando às voltas para tentar saber de onde vem o vosso mundo fantástico.**

Mia — Posso contar uma história da escola? Tinha um professor magro, alto, que um dia leu uma redação que fez. Era uma redação para a mãe dele. Sobre as mãos da mãe dele. Comoveu-me tanto. Era estranho. Ele também estava comovido. Tinha uma relação de paixão com o texto. Falava das mãos da mãe como eu pensei que podia falar das mãos da minha mãe. As mãos da mãe dele só tinham marcas. Do tempo, do trabalho. Aquilo foi importantíssimo. Aquele professor ficou um menino frágil.

**Esse professor era o Zeca Afonso? Sei que foi aluno dele.**

Mia — Não. O Zeca foi meu professor por um período curto. Foi substituir a minha professora de Geografia. Toda a gente o considerava um ótimo professor. [Em surdina] Eu achava-o péssimo. Mas era divertido e ensinava outras coisas.

**O vosso mundo fantástico, poético, o talento para ver a realidade nos seus aspectos mais espantosos, e a converter em palavras, de onde vem?**

Mia — É difícil falarmos de nós próprios. Vem de várias coisas. Por exemplo, sou de uma geração educada a ser homem, macho.

**Quais eram os códigos?**

Mia — Um homem não chora. Um homem não confessa certos tipos de sentimento. É duro. A relação com o lado sentimental era diferente desta que tomei para mim. Quando se escreve e se tem de ser mulher e ser outro, dentro de nós há uma briga. Há uma ousadia que é preciso ter. A capacidade de nos aceitarmos múltiplos, plurais, é um bom ponto de partida para escrever.

Agualusa — Não sei dizer. Talvez tenha que ver com essa infância.

Mia — Posso dizer o que é que ele tem de especial?

**Pode. É capaz de ser mais fácil falarem um do outro. Verem-se de fora.**

Mia — Ele é uma criatura de fronteira. Alguém que esteve entre mundos e que não quis nunca construir um lugar físico. Vive em histórias permanentemente. A moradia dele não é um lugar e um tempo. O tempo só serve para a travessia, para a viagem. E nunca está em lado nenhum. Está aqui, mas está a fingir que está aqui. [Gargalhada de Agualusa.] Estando nós a viajar no meio da Ucrânia ou num musseque em Angola, ele está sempre na criação de histórias. Não tem um onde.

Agualusa — Na minha família, toda a gente contava histórias. Toda a gente queria contar as melhores histórias. Mia, esperavam de si grandes histórias, grandes coisas?

Mia — Eu era o mais desvalido da casa. Era o pasmado, o que não sabia fazer coisas práticas. Tinha de haver um território onde dissesse – onde disséssemos – que somos visíveis.

Agualusa — [Contar histórias] é uma afirmação identitária. O que é importante no nosso caso, tu como moçambicano, eu como angolano, é que na escrita há uma afirmação identitária.

Mia — Começa por ser isso. Depois já não queremos saber disso.

Agualusa — O meu primeiro livro, *A conjura*, um romance histórico sobre o século XIX, é claro para mim que surge como afirmação identitária. Depois é como o Mia diz. A gente toma o gosto naquilo. E vai.

**Resolver e afirmar uma identidade, através da escrita, é também uma maneira de suturar feridas?**

Agualusa — Afirmação identitária mesmo. Um modo de dizer: "Estou aqui neste país e sou angolano desta maneira".

**E a ferida? Não havia como não estarem em ferida, doridos, quando começaram a escrever. O fim da guerra, das guerras, era recente. A escrita ajudou a organizar o mundo?**

Mia — A ideia de alguém ter uma ferida particular... Todos temos.

Agualusa — A escrita ajuda sempre. A escrita é um processo de reflexão. Ajuda-nos a situar-nos naquele momento, naquele universo. Depois vem a fruição, o prazer de que falava o Mia. Escreve-se pelo prazer que a escrita dá.

**Descreva.**

Agualusa — É muito bom. Tem aquela coisa da descoberta, certo, é um exercício de alteridade, maravilha, compreende-se melhor o outro e compreende-mo-nos melhor a nós, verdade. E, além disso, e o mais importante não é nada disso, há o prazer. De repente, as palavras organizam-se, há uma luz ali, os personagens começam a desenhar uma história. É como ler. Mas sou eu que estou a fazer. É um duplo prazer. É um mundo que vai nascendo de dentro de nós.

**É bonito que fale desse prazer, sobretudo porque temos a imagem do escritor angustiado.**

Agualusa — Em Portugal, há a escola do escritor angustiado. Portugal tem um culto do sofrimento, da tristeza, da melancolia. Aquilo que é prazer tem de ser [também] sofrimento.

Mia — O sofrimento como elemento identitário é [marca] do catolicismo. Quando me ofereci para ser membro da Frelimo, fui a uma sessão em que era o único gajo jovem e o único gajo branco. Havia um grupo que ajuizava os candidatos, e estes tinham de apresentar uma "narração do sofrimento".

**Narração do sofrimento?**

Mia — Cada candidato chegava e dizia o que é que sofrera. Comecei a ficar atrapalhado. Eu não tinha sofrido nada, na verdade. Aquilo era gente mesmo sofredora. Gente que tinha sido presa, que passava fome, que tinha sido espancada, discriminada racialmente. Percebi a minha felicidade como nunca tinha percebido. Entendi mais tarde que aquilo era uma marca do cristianismo.

**A confissão e a partilha?**

Mia — O sofrimento como prova de identidade.

Agualusa — Cristianismo na sua versão mais calvinista, que era a que vocês mais tinham.

**Voltemos atrás para que Agualusa diga o que é que Mia tem de especial.**

Mia — Ele não me acha nada de especial.

Agualusa — Provavelmente, o fato de o Mia ser o irmão do meio [é decisivo]. O irmão do meio tem de dar provas. Tem que ver sempre com a necessidade de afirmação. Chamar atenção numa área. Chamar atenção da mãe. Estamos a tentar explicar coisas que não se explicam. Nasceu com isto... com esta deformidade. [Riso.]

**A deformidade de ser um poeta que escreve prosa? Foi assim que Mia se apresentou uma vez.**

Agualusa — Como é que nasce um xamã? Um xamã tem um lado que é de formação e um lado que não é de formação – é de condição. É poeta, nasceu poeta!, coitado, podia ter nascido com uma perna torta.

Mia — Imagina que tinhas jeito para fazer coisas? Tens jeito? Hoje podias ser um engenheiro de pontes. São também as portas que se fecham.

Agualusa — Se tivesse terminado Agronomia, podia não ser hoje escritor.

Mia — Tenho uma tese sobre por que foi que não terminaste.

**Qual é?**

Mia — Agronomia implica um tipo que tem raiz. Este gajo não pode ter raiz. Só pode ter asa.

**É uma leitura poética.**

Mia — É a verdade. Isso explica duas coisas. Porque é que aderiste ao curso: porque precisas de ter raiz. E não concluíste porque não podes ficar numa raiz só.

Agualusa — Devia ter ido para artes levitatórias. Ou ser condutor de balões.

**Quando foi que se conheceram?**

Agualusa — Posso estar a criar ficção, mas acho que fui a primeira pessoa a fazer uma resenha de um livro do Mia, aqui em Portugal, no *Expresso*. Na sequência disso, uma amiga comum organizou um jantar, no qual o Mia esteve com a Patrícia [esposa].

Mia — Antes disso, cruzamo-nos e falamos sobre o teu texto. Percebemos que tínhamos muita coisa em comum. Sendo africanos, brancos, de um certo tipo de família...

**Está a enunciar as coisas que vos aproximaram?**

Mia — Havia um (termo horrível) destino. Parece uma confissão. Daqui a bocado, uma confissão gay.

Parecia que estávamos fadados um para o outro. O Zé já era apaixonado pela escrita e pela leitura. Ele era jornalista, eu já tinha sido jornalista.

Agualusa — E havia o interesse pela biologia.

Mia — Falamos de nomes de plantas.

**De política, falaram muito?**

Agualusa — Claro.

Mia — Tínhamos zangas e discórdias.

Agualusa — Não me lembro.

Mia — O Zé tinha uma coisa mais clarividente do que eu. Maior distância crítica. Eu estava muito dentro do processo político da Frente de Libertação. Seres mais novo também ajudou. Quando ele punha dúvidas, eu estava naquela postura do militante mais convicto.

**Quando foi que deixou de ser convicto? E militante?**

Agualusa — Luto por causas. Continuo a combater provavelmente pelas mesmas causas. Pela pacificação e pela democratização de Angola. Nesse aspeto, não mudei nem perdi a fé.

**Não? Se olho para um livro como o *Barroco tropical*, que se passa no futuro angolano e que dá uma visão tão negra, tão ácida desse futuro, penso que está desencantado.**

Mia — É o livro do não futuro.

Agualusa — O *Barroco* é uma distopia, um retrato de um mundo que não quero para mim, para os meus filhos, para as pessoas que amo. As distopias servem para alertar para os erros do presente na intenção de corrigir esses erros. Se for olhado dessa maneira, não é um livro pessimista. Pode haver muito horror, e há, em alguns dos meus livros. Na *Estação das chuvas*, por exemplo. [O que escrevo é] também uma denúncia desse horror.

Mia — O Zé está condenado a não sair mais de Angola.

Agualusa — Como assim?

Mia — Angola está tão dentro de ti que, mesmo estando ausente, Angola persegue-te. Não vais ter outro território de sonho. Comigo é a mesma coisa em relação a Moçambique. Talvez pela condição histórica de termos nascido no momento em que os países se estavam a afirmar. Não temos casa – casa da alma – se não for aquela que está ali.

**Assistiram à celebração da paz, tiveram o sonho. Os países cresceram com as suas desigualdades, injustiças.**

Agualusa — Mas a paz não foi feita ainda. Em Angola, o fim da guerra foi um triunfo militar. Não foi pelo diálogo. Não se constrói a paz assim. A paz implica uma conversa que nunca foi feita. Implica compreender as razões do outro. As razões do outro não foram ouvidas, foram apagadas. Estão calcadas, não estão resolvidas. A guerra civil tem uma razão de ser que se percebe ao longo da história. Tem que ver com a construção da cidade, do mundo urbano, que cresceu à custa do mundo rural, através da escravatura. A sociedade mestiça de Luanda enriqueceu com o tráfico negreiro. Há um rancor histórico que persiste até hoje. É preciso ir mais longe, fazer uma reconciliação. Eu teria preferido uma paz negociada. Eu preferia, sobretudo, que nunca tivesse havido confronto físico, bélico, guerra! Os territórios sujeitos à guerra têm durante uma eternidade essa guerra. A violência sempre eclode de novo.

**Como se fosse um eco.**

Agualusa — Um eco. Aquela violência foi, está lá, ficou. Como quebrar esse ciclo de violência? É o desafio que temos. Vamos a todos os grandes filósofos, profetas, de Cristo a Buda. Todos ensinam o mesmo. Dá a outra face. Faz com que o outro se coloque no teu lugar. Coloca-te no lugar do outro. Tenta compreender o outro. Não é nada que a gente não saiba. Só que não se faz. O pior é isto: não é que não saibamos como fazer.

Não se faz por causa de diamantes, petróleo, orgulho, por tudo isso?

Agualusa — [Suspiro] Acho que por estupidez. Falta de inteligência, mesmo.

**Fale de como viu o processo de paz em Moçambique.**

Mia — Tenho de retificar um bocado o discurso que andava a fazer até pouco tempo atrás. Depois do fim da guerra civil, em 1992, os moçambicanos decidiram não falar sobre o assunto. Um ano, dois anos depois, e não tinha acontecido nada. Ninguém queria abrir aquela caixa. Pensei que era a maneira mais sábia. As pessoas percebiam que qualquer coisa não tinha sido resolvida. Essa qualquer coisa era tão essencial que era melhor não tocar nela. Afinal, acho que não se resolveu bem quando se resolveu não falar. [Não foi uma boa decisão] enterrar isso no esquecimento. A solução esquecimento não é uma solução.

Agualusa — Estás a dar-me razão. Tivemos este combate durante anos. Sempre defendi que é preciso criar rituais de reconciliação, de perdão. As pessoas têm de chorar em conjunto. Como os casais. Como os amigos desavindos.

**Como as famílias.**

Agualusa — Exatamente, é uma família. As pessoas têm de ser capazes de fazer o luto e de se perdoar.

Mia — De alguma maneira, esse ritual foi feito [em Moçambique]. Mudei de atitude, mas não estou de acordo com uma solução de tipo sul-africano, muito institucionalizada, que não toca os rituais mais profundos das pessoas.

**A *rainha Ginga*, o novo livro de Agualusa, tem no centro uma figura icônica da história angolana. Mia está a escrever sobre Gungunhana, o rei moçambicano, gigante, que viveu entre 1850 e 1906, que todos queriam capturar. Está para breve?**

Mia — Não sei. Quando quero escrever um romance, aparece-me poesia. Acabei um livro de poesia. Agora encaro a prosa como um filho que resta. Vou demorar ainda uns seis meses a acabar o que já tenho feito.

**Na contracapa de A *rainha Ginga*, diz que "Angola tem muito passado pela frente, no sentido de que há tanto passado angolano por descobrir e ficcionar". Anos depois da ratificação da paz, mesmo que ela não seja tão efetiva quanto gostaria, há tempo para ir lá atrás e falar de uma figura assim, do século XVI?**

Agualusa — Escrevi esse livro ao mesmo tempo que o Mia escrevia sobre Gungunhana e em Angola se produzia um filme sobre A rainha Ginga. Talvez haja em África uma demanda comum. É uma tentativa de redescobrir o passado numa perspectiva africana. O que temos, normalmente, é uma perspectiva europeia ou uma perspectiva um pouco extremada, nacionalista, que também é mentirosa. Esse livro responde a uma inquietação comum ao continente (e não apenas à África de língua portuguesa).

**Porque é que Ginga o fascina?**
Agualusa — Por ser uma mulher que foi capaz de subverter todas as regras, a sua própria tradição, e de construir um mundo que era o seu mundo. De inventar um mundo à sua imagem.

**É um pouco o que fazem com a escrita: inventar um mundo.**
Agualusa — Pois, mas ela põe no terreno, nós pomos no papel. Menos corajoso.

**Gungunhana interessou-o por quê?**
Mia — Por aquilo que não foi. Há dois discursos que o esmagam. Houve uma ficção daquele personagem por parte dos portugueses, que o queriam maior do que era. Era preciso ter um inimigo grande para

engrandecer o feito de o ter vencido. A Frelimo, o governo moçambicano, precisou construir nele um herói nacional. Houve uma mistificação daquele personagem. O que procuro é a pessoa que sobrou no meio dessas duas ficções.

Agualusa — Gosto dessa ideia [a pessoa que sobrou].

Mia — Ainda sobre a coincidência de escrevermos romances históricos: essa sede pelo passado vem da falta de futuro. O *Barroco tropical*, do Zé, era uma maneira de dizer que queremos outro futuro. A necessidade de desenhar um futuro faz com que a gente tenha de recomeçar lá atrás, a recriar um tempo que não foi aquele que nos disseram que existia. Houve uma tentativa de impor só um passado.

**Uma visão única da história?**

Mia — Como se o passado fosse uma coisa simples, singular, única. E houve vários passados.

Agualusa — Parece que o passado nunca passa. Uma das coisas mais interessantes ao estudar essa época da rainha Ginga foi perceber que aquilo é tão presente... A forma como aqueles conflitos se desenrolam, as alianças feitas... E tudo com pessoas. Por vezes, perdemos a noção de que eram pessoas.

**Porque os vemos apenas como mitos.**

Agualusa — Sim. Eram pessoas inseridas em processos históricos complicadíssimos. Quando comparamos a época da independência, que é uma época de redesenhar as fronteiras, com a da rainha Ginga, que era também de redesenhar fronteiras, e de fazer um país, ou países, porque é Angola que está em construção, é o Brasil que está em construção, é Portugal que de certa forma está em construção, as situações são semelhantes. E essas pessoas são pessoas. Procuravam o mesmo que procuramos hoje.

**O quê? Felicidade, amor, glória?**

Agualusa — Isso tudo que realmente conta, essas coisas básicas, simples. Falamos tanto do medo: procuravam perder o medo.

**O que é que busca na sua viagem incessante?**

Agualusa — Compreender. Compreender o outro para perceber o que faço aqui. É tão clichê, mas é assim mesmo. À medida que vamos crescendo, percebemos que o outro somos nós. Que não há um outro. Cada vez sou mais fascinado (voltando à biologia) pelas formigas. Há a tese de que o formigueiro é que é o animal. As formigas são células do animal; não são sequer células autônomas porque não sobrevivem longe, sozinhas. Talvez não estejamos longe disto. Talvez sejamos um único animal.

Mia — O teu próximo curso é Biologia, vais ver.

Agualusa — A humanidade é uma única entidade. Sempre fomos o mesmo ao longo do tempo. É o mesmo animal, o mesmo ser. Daí o absurdo dos conflitos. Estamos a combater-nos a nós mesmos. Uma guerra civil é uma guerra na qual nos combatemos a nós mesmos, o nosso organismo.

**Como um cancro. Que nasce de nós e nos mata.**

Agualusa — É.

Mia — Por que foi que deixamos de ver os outros como uma parte de nós? Porque aprendemos a olhar de mais para nós. Há uma anulação de nós mesmos que temos de aprender. No fundo, o escritor é um escutador. Aprendeu a ouvir os outros. E percebendo no fim que quem está ali é ele. Mas tem de começar por fora.

**Agora que estamos a terminar, estava a perguntar-me se seria diferente esta entrevista se eu fosse um homem. Será que falaríamos mais dos conflitos africanos?**

Agualusa — Pode ser. E pode ser que não soubéssemos responder!

Mia — Se calhar, também estamos a procurar ser engraçados por ser uma mulher. [Gargalhada dos dois.]

**Isto é também uma maneira de perguntar se querem falar mais de política, de guerra. Têm um discurso muito crítico politicamente.**

Agualusa — Eu recebo notícias de Luanda todos os dias. Sou atingido pelo fato de o regime existir e se comportar de uma determinada maneira. E reajo a isso, como é óbvio.

**Mas não é o centro da sua vida, como no passado a política foi um centro.**

Agualusa — Na minha vida, nunca foi.

Mia — Na minha, foi.

Agualusa — O centro são as pessoas.

Mia — A política é uma maneira de chegar às pessoas.

Agualusa — Tu foste militante partidário, eu nunca fui. Completamente diferente. Sou militante de ideias. Não sou militante de movimentos políticos. Como cidadão, intervenho todos os dias. Com certeza. Mas a minha vida é muito mais.

**Sente alguma limitação quando intervém? Perseguem-no?**

Agualusa — Eu tinha uma crónica no jornal *A Capital* e deixei de ter. Alguém comprou o jornal e não pude continuar a escrever. Claro que há limitações. O Rafael Marques escrevia no mesmo jornal e pela mesma razão [foi dispensado]. Fomos apagados. Agora escrevo num jornal on-line, na *Rede Angola*.

Mia — Aos dezessete anos, procurava uma extensão da família num partido político. Abandonei os estudos de Medicina, tudo, para me dedicar àquela causa. Foi muito complicado pensar que [a política] era outra coisa. A ruptura, em 1986, magoou-me muito. Ao mesmo tempo, foi uma grande libertação. Quiseram pagar-me os estudos, quando [saí da política ativa]. Felizmente não aceitei. Não queria ter dívidas.

**São o melhor amigo um do outro? Como irmãos?**

Mia — Alguém é um grande amigo se temos um momento intenso, uma coisa bonita que estamos a ver, e pensamos: "Gostaria que ele estivesse aqui". Penso nele. Rimo-nos muito das mesmas coisas, imbecilidades. Partilhamos coisas que os escritores normalmente não partilham. Ideias para livros. Sem receio. Agora diz lá por que é que tu és meu amigo!

Agualusa — Concordo inteiramente com o que disseste. Há uma alegria no Mia, na escrita do Mia... E uma melancolia. Uma tristeza elegante.

Mia — Ele faz uma coisa de que tenho inveja: uma poesia que faz de conta que não é. Há um trabalho poético que ele não põe à varanda. Quanto é que me pagas por ter dito isso?

# Nota final

As três novelas que constituem este livro têm por base peças de teatro escritas em conjunto pelos autores em tempos diferentes. O primeiro conto, "O terrorista elegante", resultou de uma encomenda do grupo de teatro A Barraca, de Lisboa. Os dois últimos, "Chovem amores na rua do matador" e "A caixa preta", foram escritos como resposta a convites do Trigo Limpo – Teatro ACERT, de Tondela, Portugal.

Escrevemos "Chovem amores na rua do matador" e "A caixa preta" trocando mensagens, a partir de cidades diferentes, um acrescentando o texto do outro. "O terrorista elegante" foi quase inteiramente escrito em Boane, Moçambique, num jardim imenso, à sombra de um alpendre de colmo. Ali passamos dias, sentados à mesma mesa, cada um diante de um computador, rindo, brincando e apostando na negação da ideia de que a criação literária é sempre um ato profundamente solitário.

José Eduardo Agualusa e Mia Couto

2019

Leia também títulos de José Eduardo Agualusa publicados pelo selo Tusquets do Brasil:

O jornalista Daniel Benchimol sonha com pessoas que não conhece. Moira Fernandes, artista plástica moçambicana radicada na Cidade do Cabo, encena e fotografa os próprios sonhos. Hélio de Castro, neurocientista brasileiro, desenvolveu uma máquina capaz de filmar os sonhos de outras pessoas. Hossi Kaley, hoteleiro, com um passado obscuro e violento, tem com os sonhos uma relação muito diversa e ainda mais misteriosa: ele pode caminhar pelos sonhos alheios, ainda que não tenha consciência disso.

O onírico e seus mistérios acabam por unir estes quatro personagens numa dramática sucessão de acontecimentos, desafiando e questionando a sociedade e suas regras, além da própria natureza do real, da vida e da morte.

A sociedade dos sonhadores involuntários é uma fábula política, satírica e divertida que defende a reabilitação do sonho enquanto instrumento da consciência e da transformação.

Após a conquista da independência e os martírios de uma longa guerra civil, a emergente burguesia angolana pensa ter o futuro assegurado. Falta a ela, porém, um passado mais adequado a sua nova condição social. O negro albino Félix Ventura sabe aproveitar as oportunidades. A cada um de seus clientes – empresários bem-sucedidos, militares de mais alta patente, figurões da nova ordem política do país –, ele vende uma árvore genealógica digna de orgulho, memórias luxuosas, ancestrais ilustres. E Félix segue muito bem nessa empreitada, até chegar a ele um homem repleto de mistérios, em busca de um passado e de uma identidade angolana. De uma hora para a outra, os passados e os presentes se entrecruzam, e o impossível se confunde com o real.

A narrativa de José Eduardo Agualusa, um dos principais nomes da literatura de língua portuguesa contemporânea, vibra entre o passado atormentado que boa parte do povo angolano gostaria de esquecer e o presente cheio de possibilidades de um país em reconstrução. O vendedor de passados é uma história sobre raça, a natureza da verdade e o poder transformador da criatividade.

**Acreditamos
nos livros**

Este livro foi composto em Mercury Text e
impresso pela Gráfica Santa Marta para a
Editora Planeta do Brasil em março de 2019.